Gisela Maintz

Mit Idealismus im Hamsterrad

Traumberuf Hausärztin?

ISBN 3-8334-5293-5

Herstellung und Verlag: Books on Demand GmbH, Norderstedt
Umschlaggestaltung: Stefan Oldenburg
Umschlagfoto Vorderseite: Stefan Oldenburg
Umschlagfoto Rückseite: Dr. med. Gisela Maintz
Satz: Stefan Oldenburg

Bibliographische Information Der Deutschen Bibliothek
Die Deutsche Bibliothek verzeichnet diese Publikation in der Deutschen Nationalbibliographie; detaillierte bibliographische Daten sind im Internet über http://www.dnb.ddb.de abrufbar.

Bibliographic information published by Die Deutsche Bibliothek
Die Deutsche Bibliothek lists this publication in the Deutschen Nationalbibliographie; detailled bibliographic data are available in the internet at http://www.dnb.ddb.de.

Meinem Mann und meinem Bruder

Inhalt

Vorwort 9

Mit Idealismus im Hamsterrad 13

   Warum und wie ich Ärztin wurde 13

   Lehrzeit 22

   Die Zeit der Prüfung 38

   Die modernen 3 Ks:

      I   **K**inder 45

      II **K**üche 49

      III **K**lein-Karriere 51

Gedankenblitze 55

Die Modenschau 58

Routinebesuch 60

Pflegestufe 3 63

Amnesie 64

Gesundheitsreform XXL 68

Mit einem Schlag 72

Schmerz I 75

Schmerz II 77

Angst 79

Depression 80

Endlich 83

Unendlich---? 85

Versuch ---ung 88

Pisafolgen 90

Überarbeitet 92

Geschenkte Zeit 93

Fazit 111

Inhalt

Vorwort

Gerade habe ich mein Manuskript im Rohbau abgeschlossen, da höre ich im Radio, dass sich 90 Prozent der Jungmediziner an den Uni-Kliniken für einen Streik ausgesprochen haben, Streik gegen die unmenschlichen Arbeitsbedingungen, gegen unzählige, unbezahlte Überstunden, gegen die überbordende Bürokratie und für angemessene Bezahlung ihrer hoch qualifizierten Arbeit.

Ich wurde sehr häufig von Freunden und ehemaligen Patienten gefragt, ob ich in einem zweiten Leben wieder Ärztin werden würde. Wenn ich heute meine Kolleginnen über dem Ausfüllen doppelseitiger Gesundheitsbögen, Krankenkassenanfragen, Unfallberichten, gutachterlichen Stellungnahmen und dem Verschlüsseln von Diagnosen oder dem Punktesammeln für die gesetzlich vorgeschriebene Fortbildung schwitzen sehe, was ich glücklicherweise nicht mehr brauche, dann kann ich schon ins Schwanken kommen. Treffe ich aber beim Kaufmann oder auf dem Markt frühere Patienten, die sich für etwas bedanken, was Jahre zurückliegt und mir den Werdegang ihrer Kinder oder Enkel erzählen, dann weiß ich, ich würde mich wieder so entscheiden.

Natürlich hatte ich oft ein schlechtes Gewissen meiner Familie gegenüber. Dass mein Mann und ich es aber nicht ganz falsch gemacht haben, schließe ich daraus, dass zwei unserer Kinder Ärzte geworden sind, alle drei sich Partner aus dem medizinischen Bereich gewählt haben und selbst glückliche Eltern sind. Dass unser ältester Sohn nicht Arzt geworden ist, liegt weniger an einer eventuellen oppositionellen Haltung als daran, dass er absolut kein Desinfektionsmittel riechen konnte und eine unüberwindliche Abneigung gegenüber Spritzen hatte. Er ist – wie er behauptet *nur* – Architekt geworden. Wir übrigen Familienmitglieder bewundern ihn uneingeschränkt für diesen künstlerischen Beruf und beneiden ihn um seine Fantasie.

In welche Rubrik ich mein kleines Buch einordnen soll, weiß ich nicht recht. Biografie beschreibt den Lebensweg berühmter Leute, passt also nicht. Erfahrungsbericht klingt zu wissenschaftlich, zu steril.

Ich nenne es *Danksagung*:

Dank an meine verständnisvolle Familie, besonders an meinen Mann und an meinen großen Bruder, Dank an unsere Kinder, die trotz allem ihren Weg gemacht haben, Dank an Kollegen, Lehrer, Helfer, Freunde und Dank an das Schicksal, das es im Großen und Ganzen gut mit mir meinte. Heute spricht man viel vom *Bauchgefühl*. Ich nenne es lieber *Gottes Hand*.

Gisela Maintz im April 2006

Warum und wie ich Ärztin wurde

Wenn ich als Kind gefragt wurde, was ich später einmal werden wolle, antwortete ich immer selbstsicher *Ärztin*. Wie ich darauf kam, ist mir völlig unklar, denn in unserer Familie gab es Kaufleute, Gastwirte, ja sogar einen richtigen Polizisten. Aber einen Akademiker oder gar Arzt hatte es nie gegeben.

So war denn meine Vorstellung ziemlich vermessen. Das heißt, ich konnte eigentlich gar keine Vorstellung von einem Arzt haben, da ich keinen kannte. Für die Lektüre – *Über uns nur der Herrgott* oder *Sauerbruch: Das war mein Leben* – war ich natürlich noch zu klein. Glücklicherweise war ich ein gesundes Kind. Die seltenen Infekte wurden mit homöopathischen Kügelchen wie Aconit und Belladonna D6 von meiner Mutter in Eigenregie behandelt, was mir gut gefiel, da die Kügelchen schön süß wie Liebesperlen schmeckten. Leider wurden sie genau nach Alter abgezählt, so dass ich mich an höchstens 4 bis 5 Kügelchen pro Einnahme erinnere. Wenn aber meine Mutter mit dem Fläschchen **Infludo** an mein Bett kam, wurde ich überraschender Weise sofort gesund. Es schmeckte trotz Verdünnung mit Wasser bitter.

Die mit etwa sieben Jahren durchgemachte Mittelohrentzündung habe ich zwar in schmerzhafter, aber in gewisser Weise auch guter Erinnerung. Es wurde extra der Kachelofen angeheizt, ich durfte – das Ohr in warme Wolle eingepackt – auf der Ofenbank sitzen und war von allen Hilfsarbeiten im Haushalt befreit.

Bei all diesen Krankheiten habe ich also keinen Arzt zu Gesicht bekommen. Die gesetzlich vorgeschriebenen Impfungen wurden zu damaliger Zeit im Gesundheitsamt von Krankenschwestern durchgeführt. Diese Erlebnisse waren in meinen Augen eher unschön. Ich erinnere mich an lange, düstere Gänge, Geruch nach Desinfektionsmitteln und an die kalte Gummimatte auf der Liege. Wenn ich auf der Standwaage den Hebel für die Größe auf den Kopf gedrückt bekam und die Schwester den Waagenarm austarierte, wurde meine Mutter regelmäßig angeherrscht: „Das Kind ist viel zu dürr!" Meine Mutter tat mir dann sehr leid, so dass ich versuchte, meine Schuhe beim Wiegen anzubehalten, um mich schwerer zu machen. Ich hatte allerdings nicht bedacht, dass ich dadurch größer erschien und mein relatives Gewicht zur Größe keinesfalls günstiger wurde. – Nun, diese Probleme kennt man in der heutigen Zeit kaum mehr. Beim Impfvorgang wurde ich dann angeschnauzt, ich solle nicht so zappeln, das täte doch gar nicht weh. Diese Lüge habe ich als Ärztin später immer gehasst und meines Wissens nie angewandt.

Also, bei diesen eher negativen Beispielen konnten mich auch die adretten Häubchen nicht zu dem von Mädchen sonst bevorzugten Traumberuf **Krankenschwester** bewegen.

Zurück zum Anfang: Warum wollte ich Ärztin werden, solange ich denken konnte? Nach langem Visualisieren meiner frühen Kindheit weiß ich es jetzt. Es lag sicher an Dr. Dudas, unserem damaligen Hausarzt in Berlin, der mich in diese Welt geholt hatte und mich mit seiner dunklen Stimme freundlich „**na mein Mägdulein**" ansprach, nie einen Kittel trug, sondern im hellen Anzug uns – das heißt meine Mutter und mich – in sein Sprechzimmer hereinrief. Ob es mir allerdings Dr. Dudas oder eher der herrliche Kaufmannsladen mit vielen Schubladen und einer richtigen Waage, auf der man Bauklötze abwiegen konnte und eine Sprossenwand im Wartezimmer angetan hatten, weiß ich nicht mehr. Wenn ich mich gar nicht von den Spielsachen loseisen konnte und wir die letzten Patienten waren, konnte Dr. Dudas auch schon mal die Untersuchung mit dem Holzstethoskop und dem Holzspatel in die Spielecke verlegen. Auch setzte er sich mit uns auf den Boden und zeigte uns Fußübungen mit dem bunten Ball, um das Fußgewölbe zu stärken. Er drückte meinen nassen Fuß auf Zeitungspapier, um mir den Abdruck eines gesunden Kinderfußes zu zeigen. Sehr eifrig machten wir auch zu Hause diese Ball- und Fußübungen, und so brauchte ich niemals Einlagen zu tragen.

Später, als Hausärztin, habe ich oft an diesen klugen Arzt gedacht und seine Methode bei Kindern, wenn noch nicht alles zu spät war, kopiert. Es war eine Kosten sparende, wirksame Vorbeugung gegen Senk-Spreiz-Plattfüße. Noch heute betrachte ich voller Dankbarkeit meine wohlgeformten Füße im nassen Sand am Strand und weise meine Enkel darauf hin.

Später wäre ich fast durch ein Negativbeispiel von meinem innigen Berufswunsch abgeschreckt worden. Inzwischen waren wir nach Hamburg verschlagen worden, so hieß das damals. Ich war zum Teenager herangewachsen, etwa zwölf Jahre alt, und wachte eines Tages hoch fiebernd mit roten Flecken im Gesicht und am ganzen Körper auf.

Da meine Mutter im Büro meines Vaters mitarbeiten musste und keine Zeit hatte, wurde ich alleine mit der Straßenbahn zu unserem Hausarzt geschickt. Hier setzte ich mich brav ins überfüllte Wartezimmer bis ich aufgerufen wurde: „Du liebe Zeit!", rief der Arzt entsetzt, „wie siehst du denn aus? Du steckst ja alle an. Wie kannst du dich denn mit Masern hier ins Wartezimmer setzen!" Betreten senkte ich den Kopf. In der Bibel hatte ich was von „Aussätzigen" gelesen. So etwas Schreckliches hatte ich wohl. Ich sah mich an den Rand jeder Zivilisation verbannt in einer Lehmhütte ganz alleine leben, wo mir mitleidige Menschen einmal am Tag einen Blechteller mit Essen auf den gestampften Lehmboden davor stellen.

Ganz so schlimm wurde es zwar nicht. Jedoch – sei es durch das hohe Fieber und meinen schlechten Allgemeinzustand oder auch das schreckliche Gefühl, alleine auf dieser Welt mit meinem Kummer zu sein – ich brach in Tränen aus, wankte und fiel der Länge nach im Sprechzimmer in eine tiefe, mildtätige Ohnmacht.

In einem weißen Bett in einer Art Glaskäfig, nämlich im Isolierzimmer des Kinderkrankenhauses, wachte ich wieder auf. Meine inzwischen herbei gerufene Mutter machte mir irgendwelche Zeichen durch die Glasscheibe, die ich als eine Art Entschuldigung, dass ich hier gelandet war, deutete.

Mit dem Essenstablett drückte mir eine dickliche Krankenschwester mit Mundschutz auch ein Thermometer in die Hand: „Rektal messen!" sagte sie aufmunternd und verschwand. **Rektal?** Ich hatte keine Ahnung und ließ das Ding auf dem Tablett liegen. Meine Mutter hatte immer die Stirn angefasst um zu fühlen, ob man Fieber hat. Mir war heiß, ich glühte. Da brauchte ich nicht zu messen.

Meine eigenmächtige Ungehorsamkeit wurde mir aber sehr schlecht angerechnet: „Du hast ja noch nicht mal gemessen! Nun mal zu, steck's in' Po!" maulte die dickliche Schwester und verschwand wieder. Nun wusste ich wenigstens, was rektal war und konnte die Anordnung ausführen, wenn auch schmerzhaft ungeschickt. Die ebenfalls vermummte Lernschwester, die zum Zeichen ihrer nur halben Würde eine Art weißes, nach hinten gebundenes Kopftuch trug statt eines Häubchens, versöhnte mich mit meiner jämmerlichen Situation, indem sie mitleidig sagte: „Ich hätt's als Kind auch nicht gewusst. Mach dir nichts draus. Schwester Amelie ist nun mal so!" Derweil war sie höchstens 3 - 4 Jahre älter als ich.

Als es mir besser ging, fing ich an, mich zu langweilen. Immerhin bekam ich ein paar zerlesene Nesthäkchenbände mitgebracht, die natürlich hinterher desinfiziert werden mussten. Durch die Glasscheibe sah ich jetzt auch andere Kinder in einem großen Saal, die miteinander spielen durften. Oft standen drei, vier Kinder vor meiner Scheibe und glotzten neugierig zu mir herein.

Allmählich wurde ich immer kiebiger, vielleicht war es auch eine Art Gefängniskoller. Jedenfalls begann ich, die Ärzte und Krankenschwestern zu imitieren, was natürlich nur in Gestik und Mimik zu bewerkstelligen war. Durch meine Clownerie und mein anscheinend treffsicheres Talent gab es im Nebenraum ziemliches Gelächter und Tumult.

Damals gehörte sich das aber nicht. Wenn die Visite kam mit Chefarzt, Assistenzärzten und Oberschwester und einem Schwanz von Studenten, hatten wir stramm in den Betten zu liegen und nicht herum zu kaspern. Daher stand ein Kind immer Schmiere. Aber einmal hat man uns doch überrascht. Es gab ein Donnerwetter, dass alle erschrocken in ihre Federn huschten.

Als anschließend die gestrenge Visite, erstmals nicht vermummt, zu mir herein kam, konnte ich zum ersten Mal genauer die Gesichter der Ärzte und Schwestern sehen. Ich war ganz verschreckt unter meine Decke gekrochen und erwartete das jüngste Gericht. Zu meinem Erstaunen aber fiel das Urteil sehr milde aus: „Na, du bist ja schon wieder ganz schön kräge. Ich glaub, du bist gesund und kannst morgen nach Hause!" meinte der Chef und sah gar nicht mehr so Furcht erregend aus, sondern eher wie ein gutmütiger Petrus.

In den letzten zwei Wochen hatte ich oft an meinem Berufswunsch gezweifelt, aber, wenn man so etwas Schönes verkünden durfte, war Ärztin wohl doch das Richtige.

Schwankend wurde ich wieder, als meine Eltern meinen fünf Jahre älteren Bruder und mich abends im Sommer in den herrlichen Park *Planten un Blomen* mitnahmen. Als ich für den Spielplatz mit den endlos langen Rutschen zu groß wurde, lauschte ich Abend für Abend dem wunderbaren Platzkonzert in der Konzertmuschel in der Mitte des Parks. Einmal spielte dort ein Zigeunerorchester mit der Geigerin **Noucha Doina** den **Tschardas von Monti** in rasendem Tempo, so dass ich mit dem Dirigieren gar nicht mehr mitkam. Der bunte Rock wippte wunderbar, die Plexiglasinstrumente umnebelten mich mit ihrem süßlichen Klang. Verzückt versank ich in eine andere Welt und sah mich als Zigeunergeigerin durch die Lande fahren.

Fortan war eine Geige mein größter Wunsch. Irgendwann bekam ich eine zu Weihnachten, als mein Vater die hundert DM für die Geige einschließlich Bogen, Kasten und Kolophonium beisammen hatte. Einen bunten Stufenrock nähte ich mir aber schon vorher im Handarbeitsunterricht in der Schule und posierte damit vor dem Spiegel, die Bewegungen der Geigerin nachahmend.

Als ich mit etwa 15 Jahren Geigenunterricht bekam, war es natürlich für eine Künstlerkarriere zu spät, zumal mein Bruder mir die Lust am Üben sehr bald vergällte, indem er sich neben mir aufbaute und hämisch lästerte: „Na, machst du schon wieder **Dida Dida**?" Sehr motivierend war das nicht. Letztlich muss ich ihm aber dankbar sein, dass es durch seine Intervention bei mir nur zu einer mittelmäßigen Bratschistin in einem kleinen Laienorchester reichte, und das auch nur, weil Bratschisten Mangelware sind und man nehmen muss, was man bekommt.

Auch hat mein Bruder alles wieder gut gemacht, weil er mir letztlich zu meinem Traumberuf verhalf.

Da es 1957 noch keinen Numerus clausus gab, hätte ich nach dem Abitur sofort an jeder Universität in Deutschland Medizin studieren können. Mein Vater aber hatte nach einem früh erlittenen Schlaganfall beschlossen, dass ich eigentlich in sein Versicherungsbüro eintreten sollte, das inzwischen mein Bruder führen musste. Das aber interessierte mich partout nicht, hatte ich doch von Akten durch meine Aushilfen als Schülerin bei der Ablage und Registratur genug Einblick erhalten. „Du kannst ja von mir aus studieren, wenn du unbedingt willst, aber nicht Medizin. Mach Jura oder Betriebswirtschaft." Ich war ziemlich verzagt. Es lag mir nicht unbedingt etwas an einem Studium, was zu damaliger Zeit gleichbedeutend mit Freiheit und Herausschieben des regelmäßigen Arbeitsprozesses war. Ich wollte Ärztin werden. Hätte man das als Lehrberuf werden können, wäre mir das Recht gewesen. Lange Abende wurde diskutiert. Als gehorsame Tochter handelte ich einen Kompromiss aus. Ich würde Jura studieren, wenn es mir aber nicht gefiele, dürfte ich zur Medizin wechseln.

Ich begann in Hamburg Jura zu studieren – wie mein Bruder vor mir – saß in dem großen Hörsaal, versuchte, eifrig mitzuschreiben und fand es staubtrocken und langweilig. Nach vierzehn Tagen baute ich mich abends vor meinem Vater auf und warf die Brocken hin: „Ich will Medizin oder gar nichts!"

Hier nun rettete mich mein Bruder, der wohl den Ernst meines Wunsches erkannte: „Lass es sie doch versuchen", meinte er, „und du kannst ja ein graphologisches Gutachten einholen, ob sie dafür geeignet ist!" Das war genial! Mein Vater schwor auf Graphologie. Nie hatte er einen neuen Angestellten eingestellt ohne ein Schriftgutachten. Wenn das schlecht ausfiel, konnte der Bewerber noch so gute Zeugnisse haben, er wurde nicht genommen.

Mein Bruder war aber noch raffinierter. Er brachte meine Schriftprobe eigenhändig zum Graphologen meines Vaters und schärfte dem verständnisvollen Mann ein, er wolle ihn zwar nicht zum Lügen auffordern, aber er möge mir meine Zukunft nicht verbauen und ein halbwegs positives Gutachten für Medizin erstellen. Das tat er, und ich hoffe sehr, er hat sich nicht zu sehr verbiegen müssen. Zumindest kann ich versichern, dass meine schlechte Handschrift rein äußerlich einer Medizinerhandschrift alle Ehre macht.

Nun also stand meinem Werdegang nichts mehr im Wege außer die hämischen Bemerkungen der Freunde meines Bruders, die Medizin für Mädchen unmöglich fanden. Sicher würde ich im Sektionssaal ohnmächtig werden. Schließlich aber schenkten sie mir großmütig ihre nicht mehr benötigten Anatomie- und Physiologiebücher.

Mit Elan stürzte ich mich in die Vorlesungen, belegte Praktika, lauschte Botanik und Zoologie, Physiologie und Anatomie und fand bis auf Biochemie, wo man gelegentlich etwas von Stoffwechselstörungen hörte und Zoologie, wo der Professor artistisch Würmer mit beiden Händen gleichzeitig an die Wandtafel zeichnete – alles – einfach – **e n t s e t z l i c h!**

Nun musste ich durchhalten, ich durfte nicht stöhnen und klagen, im Gegenteil, ich musste vom Medizinstudium schwärmen wider alle Empfindung. Bis zum Physikum war es eine einzige Katastrophe, abgesehen natürlich von den netten Mitstudenten und Studentinnen, den Freunden, die man gewann und den außerstudentischen Aktivitäten.

Ein Student im Staatsexamenssemester holte mich mit seinem Motorroller statt zur Physik-Vorlesung zum Tennis ab, bis er leider als „Intern" nach Amerika ging. In der Mensa aber sprach mich bald ein junger Assistenzarzt von der Uniklinik an, ob ich nicht Lust hätte, mit in die Oper zu kommen, wo er als Theaterarzt Dienst tat. So nahm er mich dann regelmäßig auf Freikarte als Begleitung mit in die Oper, wenn er Dienst hatte. In der ganzen Saison konnten wir wunderbare Aufführungen in der dritten Reihe am Rande genießen. Nur ein einziges Mal wurden wir in der Pause hinter die Bühne gerufen. Eilfertig ging ich als seine Assistentin mit. Wie aufregend! Wir haben dann den verstauchten Knöchel der Primadonna fachmännisch untersucht und einen elastischen Salbenverband angelegt. Das Wichtigste aber war, dass wir nach kurzer Fachdiskussion beschlossen, die Vorstellung könne weiter gehen, es brauche nicht geröntgt zu werden.

Die klinischen Semester nach dem Physikum in München waren wesentlich interessanter, nicht nur, weil man endlich von zu Hause weg war, wozu mir auch wieder mein Bruder verholfen hatte, sondern, weil man in den Vorlesungen und Praktika echte Patienten zu Gesicht bekam. Selbst die viele zusätzliche Arbeit, die mit den Versuchen, Analysen und Bewältigung der Fachliteratur für die Dissertation erforderlich war, machte viel Spaß, weil ich vieles mit meiner Freundin zusammen machen konnte. Unser noch jugendlicher Doktorvater war nie gehetzt, immer fröhlich und ausgeglichen schneite er herein und lobte den Fortschritt unserer Arbeit. Auch hatte ich bei ihm einen Stein im Brett, da ich neben Englisch auch Französisch so weit beherrschte, dass ich wissenschaftliche Arbeiten für ihn einigermaßen kompetent übersetzen konnte.

Die Dissertation zog sich glücklicherweise noch ein Vierteljahr über das Staatsexamen hinaus bis in das Frühjahr 1963 hinein, wunderbare Monate der Freiheit mit Skilaufen und Bergwandern, denn das Zeichnen der Graphiken und Ergebniskurven mit Skriptol auf Millimeterpapier, das Beschriften derselben mit Buchstabenschablonen sowie das fehlerfreie Tippen der wissenschaftlichen Arbeit auf meiner kleinen Reiseschreibmaschine war zeitaufwendig und nervenaufreibend. Heute, im Zeitalter des Computers, wo man die schwierigsten Graphiken herrlich farbig als Torten und hübsche Kurven in Sekundenschnelle auf Knopfdruck fabriziert, und ganze Absätze auslöschen, austauschen, versetzen, kopieren und in sämtlichen Schrifttypen hervorheben kann, vermag man sich die Verzweiflung nicht mehr vorzustellen, wenn man sich in der letzten Zeile vertippt hatte und die ganze Seite noch einmal schreiben musste.

Die Freiheit als Studentin auf Bude bei einer gestrengen Zimmerwirtin, die um 22 Uhr jeden Herrenbesuch – selbst die drei Studenten aus meiner Examensgruppe – herauskomplementierte, muss man sich natürlich etwas anders als die heutigen **WG-s** mit eigener Küche und Bad vorstellen. Nie werde ich den samstäglichen Ruf meiner durchaus fortschrittlichen Wirtin gegen 8 Uhr vergessen: „Fräulein S., Sie können jetzt ins Bad. Das warme Wasser im Badeofen reicht vielleicht sogar zum Haare waschen, wenn Sie sparsam sind!"– Ich bin später lieber in die Badeanstalt gegangen.

Ein krönender Abschluss meiner **Münchner Freiheit** war die feierliche Vereidigung der Medizinstudenten und die Überreichung der Doktorurkunde auf Lateinisch. Sie fand erstaunlicherweise an einem Faschingsdienstag im Institut für Medizingeschichte statt.

In der Karnevalszeit, besonders am Rosenmontag und Faschingsdienstag, waren normalerweise alle Institute wie ausgestorben, und in München tobte selbst damals schon der Bär. Wir erschienen an diesem Tag, die Herren in schwarzen Anzügen, die Studentinnen im dunklen Kostüm, (wenn möglich mit ihren ebenfalls feierlich gekleideten, stolzen Angehörigen) im Hörsaal. Meine Eltern konnten leider von Hamburg aus nicht kommen, das war zu weit, und mein

Vater war zu krank. Die Flure waren mit Faschingsgirlanden und Luftballons geschmückt. Eine Sekretärin huschte in kurzem Röckchen und Hut verschämt in ihr Büro. Würdevoll im Ornat erschien der Professor für Medizingeschichte und las uns den **Hippokratischen Eid** vor, auf den wir schwören sollten.

Plötzlich ging ein unterdrücktes Gekicher durch die ersten Reihen. Wir stehenden Hinterbänkler reckten die Hälse. Unter dem Talar schauten rote **Waderlstrümpfe und leuchtend grüne Haferlschuhe hervor,** und das schwarze Professorenbarett hakte schief auf einem haselnussgroßen Grützbeutel auf der Stirn. Das Gluckern und Prusten setzte sich fort, war kaum mehr zu unterdrücken. Alle Feierlichkeit war dahin. Der Professor rappelte in aller Eile die Eidesformel herunter, drückte den Stapel Urkunden in roten Papprollen einem Assistenten in die Hand, der die Namen aufrufen musste und das Werk zu beenden hatte. Er selbst aber verließ gekränkt den Hörsaal, wobei die wippenden Talarschöße die bunten Wollstrümpfe noch einmal so richtig zur Geltung brachten.

Ich habe mich selten derart geschämt wie damals für uns unreife Doktorenbrut.

***

Lehrzeit

Nun begann die zweijährige **Medizinalassistentenzeit.** Wir waren „Lehrlinge" im Medizinbetrieb, hatten alle wichtigen Abteilungen zu durchlaufen, viele Pflichten, wenig Rechte, waren „nicht Fisch, nicht Fleisch." Wir mussten viel arbeiten, hart arbeiten wie richtige Ärzte, waren aber nach dem Gesetz nicht voll verantwortlich. Wenn wir Glück hatten, nahmen uns erfahrene Ärzte unter ihre Fittiche, sahen uns auf die Finger, brachten uns alles bei, was erforderlich war. Sehr oft aber hatten sie dafür keine Zeit, mussten selber sehen, wie sie die Stationsarbeit schafften. Wie froh war man dann, wenn einen erfahrene Oberschwestern oder Pfleger nicht auflaufen ließen, sondern einem behutsam, ohne Häme, halfen, wenn man hilflos vor den Infusionen und Spritzen stand und einem mit dem einfachen Satz: „Dr. P. macht das immer so und so!" auf die Sprünge halfen.

Nie werde ich den breitschultrigen, großen, stattlichen, Achtung einflößenden Oberpfleger auf der Neurologie einer großen Hamburger Klinik vergessen. Ich hatte als Medizinalassistentin eine 30-Betten-Männerstation ganz alleine zu versorgen, dreißig Männer in zwei großen Sälen zu je 14 Betten und zwei Einzelzimmer für Schlaganfallpatienten. Kein Assistenzarzt mir zur Seite, kein Oberarzt, den ich fragen konnte, weil die Stellen nicht besetzt waren. Über mir nur der Chefarzt, der einmal die Woche zur Visite kam und ansonsten natürlich die Verantwortung für die relativ große Abteilung und seine Privatpatienten hatte. Ich setzte alles daran, meine schwierige Arbeit nach bestem Wissen und Gewissen zu erledigen, und der Oberpfleger R. lenkte mich unauffällig um alle Klippen.

Die Visite lief folgendermaßen ab. Herr R. riss die Tür zum ersten Saal auf und rief: „Achtung, die Doktorin!" Dann sprangen die Patienten aus ihren Betten, wenn sie konnten, und stellten sich mit Händen an der Hosennaht links daneben auf. Wer das nicht vermochte, versuchte zumindest, sich gerade im Bett hinzulegen. Es war mir in vier Monaten nicht möglich, ihnen dieses soldatische Benehmen, das mir absolut peinlich war, abzugewöhnen.

Da die damaligen Therapiemöglichkeiten sehr begrenzt waren, beschränkte sich die Behandlung meist auf intravenöse Spritzen, bei denen einem ebenfalls der begleitende Pfleger behilflich war, die Spritzen wohl geordnet auf dem Tablett anreichte und den Arm mit einem Gummischlauch staute. Noch heute wird mir heiß und kalt, wenn ich an die Verwechslungsmöglichkeiten der Medikamente denke. Was wäre gewesen, wenn der Patient mit der Hirndurchblutungsstörung die Spritze gegen Entzündung und Schmerzen des Bandscheibengeschädigten bekommen hätte?

Es ist nicht passiert. Es gab keine Verwechslungen. Alle konnten einander vertrauen und taten es auch.

So wie in den sechziger Jahren die Patienten dem Arzt und dem medizinischen Personal bedingungslos vertrauten, davon kann man heute nur träumen. Natürlich waren wir uns unserer Verantwortung voll bewusst. Die Kompetenz wurde aber auch nicht fortlaufend in Frage gestellt wie heute; da jeder Patient es besser weiß dank medizinischer Kolumnen in den Illustrierten, dank der Visite-Sendungen im Fernsehen und natürlich der Eigenrecherchen im Internet, ganz zu schweigen von Sendungen wie „Medikopter", „Alpha-Team" und „Retter im OP".

Eine gesunde Portion Angst ließ mich als unerfahrene Ärztin glücklicherweise nicht übermütig werden. Sicher habe ich die Nacht vor meiner ersten **Lumbalpunktion** (Nervenwasserentnahme) kaum geschlafen. Aber Oberpfleger R. erklärte dem Patienten alles und damit auch mir, die ich nur Lehrbuchwissen vorzuweisen hatte, ließ den geduldigen Patienten den Rücken krumm machen, ich fühlte, desinfizierte und er bedeutete mir leise: „hier Doktorin, da müssen Sie rein!" Es klappte wunderbar. „Na bitte", sagte Herr R. lächelnd, „geht doch!" Ich schaute ihn dankbar an. Der Patient hat von meiner Unsicherheit nichts gemerkt. Als Herr R. dann beim Zurücklegen des Patienten sagte: „Na, hab ich doch gesagt, die Doktorin kann das, die macht das prima!" da bin ich sicher ziemlich rot geworden.

Die damaligen Pfleger mussten natürlich auch für das leibliche Wohl ihrer Patienten sorgen. Das Mittagessen wurde in großen Töpfen aufgewärmt, auf Teller verteilt und mit Hilfe nicht bettlägeriger Patienten ausgetragen. Zum Frühstück und Abendbrot mussten Margarinebrote mit Marmelade bestrichen oder mit Käse oder Wurst belegt werden. Der Seitenpfleger, die stellvertretende Stationsleitung, ein ganz dünner, schmächtiger aber sehr humorvoller, wendiger Mann hatte erfunden, Margarine mit Quark zu vermengen, mit Salz zu bestreuen und mit Radieschen zu garnieren. Diese Mischung kam bei den Männern sehr gut an.

Überhaupt fühlte ich mich auf dieser reinen Männerstation ausgesprochen wohl. Ich wurde regelrecht „bemuttert" und außerordentlich schonend behandelt, zumal ich zu der Zeit bereits verheiratet und deutlich sichtbar schwanger war. Eine schwangere Ärztin dürfte heutzutage kaum etwas mehr machen im Krankenhaus. Anfang der 60er Jahre gab es hierzu keine Richtlinien. So machte ich auch selbstverständlich Nachtdienste. Für uns Medizinalassistenten bedeutete das, Dienst auf der Neurologie und Patientenaufnahme auf der Inneren Abteilung. Das Los war auf mich gefallen, Silvester Dienst zu machen. Dieser Dienst im Jahre 1964 war absolut schrecklich. Gerade Silvester häufen sich die Selbstmordversuche in einer Großstadt. So wurde in dieser Nacht einer nach dem anderen eingeliefert. Das bedeutete: Magenschlauch legen, Magen auspumpen, Infusionen anlegen, die Schwestern bitten, Blutdruck- und Pulsprotokolle halbstündlich zu führen und selbst häufiger nach allen Patienten zu schauen.

Mehrfach riefen die Pfleger meiner Station auf der Aufnahme an und fragten: „Doktorin, wann kommen Sie endlich? Wir wollen doch auf das Neue Jahr anstoßen!" Bis vier Uhr früh kam ich nicht dazu. Inzwischen war ich so fertig, hatte geschwollene Beine vom Umherlaufen, und mir war flau im Magen, weil ich nichts gegessen hatte, nur immer Mägen ausgepumpt. Als ich schließlich nach der x-ten Aufnahme den so genannten **Ersten Dienst**, der seit Stunden selig schlief und nichts zu tun hatte, telefonisch bat, mir zu helfen, herrschte mich die Kollegin unkooperativ an: „Haben Sie Aufnahmedienst oder ich?" und legte auf.

Ich frage mich, was aus dieser Frau für eine Ärztin geworden ist. Ich jedenfalls habe sie nie mehr eines Blickes gewürdigt.

Wie wunderbar war es, dass mir der Nachtpfleger – als ich in den Morgenstunden total erschöpft auf meine Station kam – ein Glas Sekt und belegte Brote hinstellte und mir ein gutes Neues Jahr wünschte, mich dann in das freie Einzelzimmer verfrachtete und bedeutete: „Ich wecke Sie schon rechtzeitig zur Visite!" So konnte ich wenigstens noch ein paar Stunden schlafen, bis gegen halb zehn die Ablösung kam.

Hier ist vielleicht angebracht, etwas über Nachtdienste in den 60er Jahren einzufügen. Ein normaler, so genannter Nachtdienst ging von 8 Uhr morgens des einen Tages bis mindestens 17 Uhr des folgenden. Ein Wochenenddienst dauerte von Freitag früh bis Montagabend, also drei Nächte und vier Tage. Natürlich konnte man sich außerhalb der regulären Arbeitszeit hinlegen und versuchen, zu schlafen. Sehr gut schläft man nicht, wenn man mit einem Ohr auf das Telefon achtet. Pieper gab es natürlich nicht. So musste man, wenn man von einer Station auf die andere oder ins Casino ging, in der Zentrale Bescheid sagen. Aufgrund der eingeschränkten medizinischen Möglichkeiten waren die Dienste sicher nicht so arbeitsintensiv wie heute. Es gab noch keine Intensivmedizin, keine so aufwendigen diagnostischen Maßnahmen, kaum Laboruntersuchungen. Aber, man war doch über Tage kaserniert. So pflegte ich denn in meinen langen Diensten auf der Gynäkologie- und Geburtshilfe-Abteilung im Krankenhaus St. Georg in Hamburg mit dicken Romanen, Nähmaschine und Bratsche anzurücken. Man hatte ein großes Dienstzimmer für sich alleine mit Doppeltüren, konnte also, wenn man Zeit hatte, sogar musizieren.

Auch spielte sich im Casino ein gewisses gesellschaftliches Leben ab. Waren keine Geburten zu beaufsichtigen – die Hebammen wollten einen sowieso nur zum Ende der Geburt und zum Dammschnitt nähen im Kreißsaal sehen – so konnte man Tischtennis oder Billard spielen. An schönen Tagen durfte man sogar in Rufweite der Station oder Zentrale frische Luft schnappen.

Wenn man meint, wir müssten ja damals enorm verdient haben mit all den langen Nacht- und Feiertagsdiensten, so irrt man sich. Unser Monatsgehalt betrug etwa 250,- DM brutto, ein Nachtdienst ergab eine Zulage von 2,50 DM, sozusagen Kaffeegeld zum Wachhalten, was sich die Ärzte am Ende des Monats in einer Lohntüte am Schalter der Krankenhauszahlstelle abholten.

Keiner wäre auf die Idee gekommen, zu streiken, weder für mehr Geld noch für menschenwürdigere Arbeitsbedingungen, womit ich nicht sagen will, dass es gut war, so wie es zu der Zeit war. Natürlich war man oft übermüdet, natürlich war es schwierig, unter solchen

Bedingungen eine Familie zu gründen und zu ernähren, nur wäre keinem in den Sinn gekommen, darüber zu klagen und auf die Barrikaden zu gehen. Man kannte es nicht anders.

Allerdings rührten sich irgendwann die ersten warnenden Stimmen, sprachen von übermüdeten Ärzten und möglichen Fehlern. Der Marburger Bund, der Bund der angestellten Ärzte, wurde gegründet, bekam allmählich Zulauf und erkämpfte die ersten, minimalen Erleichterungen.

Ich aber will noch eine kurze Episode aus meiner „Lehrzeit" erzählen, was die Übermüdung anbetrifft.

Nach einem Mammutwochenenddienst mit wenig Schlaf durfte ich ausnahmsweise statt um 17 Uhr bereits um 11 Uhr am Montag nach Hause fahren. Ich wollte mit meinem VW-Käfer wie üblich über die **Sierichstrasse in Richtung Krugkoppelbrücke** fahren. Plötzlich sehe ich im Rückspiegel ein Polizeiauto die **Stop-Kelle** heraushalten. Ich bin mir keiner Schuld bewusst, fahre aber rechts heran. Die Polizisten verlangen meine Fahrzeugpapiere und erklären mir, dass die Sierichstraße bis 12 Uhr nur in der anderen Richtung, nämlich stadteinwärts, befahren werden darf. Diese große Straße ist bis heute eine so genannte **Richtungsstraße.** Als ich ihnen glaubhaft versichern kann, dass ich sonst immer erst nachmittags nach meiner Arbeit diese Straße fahre und diese Fehlhaltung durch meinen langen Dienst eventuell ein entschuldbares Versehen ist, setzen sie sich mit dem Peterwagen vor mein Auto, sperren die Straße kurz ab und lassen mich vorsichtig wenden – ohne Strafzettel, sondern mit einem verständnisvollen „Gute Weiterfahrt!" Gäbe es das heute auch noch?

War die Welt früher menschlicher, oder müssen die Regeln strenger eingehalten werden, weil man sich mehr auf die Pelle gerückt ist?

Ich springe gedanklich noch einmal zurück zu meiner ersten „Lehrstelle" auf der Chirurgie des Hafenkrankenhauses in Hamburg. Leider gibt es dieses rein chirurgische Hospital in Hafennähe nicht mehr. Und auch das benachbarte, für Hamburg und die Seefahrt so wichtige Tropeninstitut soll jetzt dem Universitätsklinikum Eppendorf angegliedert werden.

Das Hafenkrankenhaus mit seiner großen chirurgischen Ambulanz für die vielen kleinen und großen Unfälle im Hafen und auf den im Hafen zum Löschen liegenden Schiffen war bei uns jungen Ärzten sehr beliebt. Hier durfte man am laufenden Band kleine Wunden versorgen, Brüche einrenken, gipsen, aber natürlich auch die obligaten „Blinddärme" unter Anleitung operieren. Es gab so viel zu tun, dass kein Neid unter den Medizinalassistenten entstand, dass einer vielleicht mehr hätte nähen dürfen als der andere. Man stand sich auch nicht auf den Füßen, denn es war immer genug los.

Neid kam höchstens auf, wenn die Ambulanzpfleger uns weibliche Jungärzte mit schärferen, neueren Nadeln und Skalpellen versorgten, denn Einmalnadeln und -Instrumente gab es natürlich noch nicht. Übrigens liefen wir Ärztinnen in weißen, in der Zeit ziemlich kurzen OP-Kleidchen herum und nicht etwa in den wenig kleidsamen grünen Unisex-OP-Hosen und -Hemden wie heute. Das verschaffte uns sowohl bei den raubeinigen, gutmütigen, tätowierten Seeleuten als auch bei den meist durchaus ruppigen Pflegern einen gewissen Bonus und bei einigermaßen wohl geformten Beinen einen anerkennenden Blick.

Die Kleider verführten aber auch viele der überwiegend männlichen Patienten dazu, uns für Lernschwestern zu halten, so dass wir zum Leeren der Bettpfannen und zum Poabwischen degradiert wurden. Das hätte man dem starken Geschlecht nie zugemutet. Nun, insgeheim hat uns das zwar etwas gekränkt, aber es hat uns auch nicht geschadet, und nur wenige waren so hochnäsig, das abzulehnen. Mehr hat uns das Grinsen der männlichen Kollegen geärgert. Es herrschte also Gerechtigkeit.

Noch heute bin ich stolz, im Hafenkrankenhaus gearbeitet zu haben, war doch hier Professor Küntscher Chef, der Erfinder des Marknagels zur Knochenbruchoperation. Heute werden die meisten Brüche genagelt, geschraubt, verplattet, es gibt Endoprothesen für fast jedes Gelenk, und das wochenlange Liegen im Streckverband oder im Gips ist out. Wir aber haben noch diesem berühmten Professor assistieren dürfen. Es war eine Revolution auf dem Gebiet der Knochenbrüche. Unsere Ehrfurcht vor dem Mann hielt sich dennoch in Grenzen, lästerten wir doch hinter seinem Rücken: „Nächstens nagelt er noch den Herzinfarkt!" Zwar wird der Herzinfarkt auch heute noch nicht „genagelt", aber er wird operiert und es werden so genannte **Stents** in die Herzkranzgefäße eingesetzt, wie heutzutage jeder Laie weiß.

Man sagt, dass sich alle fünf Jahre das medizinische Wissen erneuert. So haben wir denn in 40 Jahren Medizinkarriere achtmal umlernen müssen – zumindest auf dem einen oder anderen Gebiet. Wenn ich zum Beispiel die Laboruntersuchungen betrachte: Heute werden in riesigen Autoanalysern in Minutenschnelle Hunderte von Parametern ermittelt, Blutbilder maschinell gezählt. Den Blutzucker kann der Patient mit einem knapp zigarettenschachtelgroßen Gerät in 15 Sekunden selbst genau bestimmen. Vor 40 Jahren liefen wir Dienst habenden Medizinalassistenten mit klapperndem Tablett, auf dem Röhrchen mit 30 cm langen Pipetten standen, über die Stationen, um aus dem Ohrläppchen des Patienten mühevoll Blut in die Kapillaren blasenfrei aufzuziehen. Da wir darin wenig Übung hatten, gelang uns das selten, ohne dass das Blut gerann. So gingen wir kurzerhand dazu über, das Blut aus der Vene abzuziehen und in die Pipetten umzufüllen. Das klappte immer. Damit war aber erst ein winziger Teil der umständlichen Prozedur geschafft. Man balancierte hinunter in den Laborkeller, filterte jede Blutprobe durch Kohlefilter, versetzte sie minutiös mit Reagenzien nach einer genau vorgegebenen Methode und ermittelte nach geduldigem Warten den mehr oder weniger genauen Blutzuckerwert.

Nicht ganz so schwierig war das Bestimmen des Hämoglobingehaltes im so genannten **Sahlimeter**. Das war natürlich auf einer Chirurgie existentiell wichtig, denn wenn der rote Blutfarbstoffgehalt abfiel, bedeutete das, dass der Patient blutete. Dann war schnelles Handeln angesagt. Bei dieser Methode waren farbschwache Ärzte benachteiligt oder sogar unbrauchbar, denn hierbei ging es um Farbabgleich. Dienst habende Laborantinnen gab es nicht. So bestand ein Großteil unserer Arbeiten im Nachtdienst aus diesen ungeliebten Tätigkeiten.

Ich will mich aber keineswegs beklagen, denn ein sehr gut aussehender Medizinalassistent richtete es bald so ein, dass wir gemeinsam Sonntags morgens mit klirrendem Tablett über die Stationen zogen und anschließend näher und näher unsere Köpfe über die Kohlefilter im schummrigen Labor beugten. Dieser kluge Kollege war mir deutlich überlegen, hatte er doch in der inneren Medizin bereits mehrere Monate Erfahrung sammeln können und auch einige Monate vor mir Examen gemacht. Ich schaute bewundernd zu ihm auf und holte mir wichtige Ratschläge. So ist es bis heute geblieben. Wir sind seit über vierzig Jahren verheiratet und mein Leben lang habe ich ihn in schwierigen medizinischen Fragen konsultiert und kompetente Antworten erhalten.

Da wir beide keine Chirurgen werden wollten, drängelten wir uns nicht zum Assistieren bei Operationen, denn das bedeutete, wie es noch heute in der flapsigen Chirurgensprache heißt, stundenlanges Stillstehen und **Haken-und-Schnauze-halten**. Wir hielten uns lieber an die Narkosen, zumal dieses Krankenhaus einen der ersten Fachärzte für Anästhesie hatte. Dieses moderne Fach hatte sich gerade erst etabliert. Die Äther-Tropfnarkose mit Stoff überzogenen Drahtmasken, über denen die Narkoseschwester oft einschlief, weil sie fast genau so benebelt war wie die Patienten, haben wir zwar noch mit erlebt und als Famuli (Studenten in den klinischen Semestern im Krankenhauspraktikum) gelegentlich selbst ausgeführt, aber sie wurden doch zunehmend durch die moderne Intubationsnarkose abgelöst.

Diesem Anästhesisten haben wir es zu verdanken, dass wir früh das Intubieren (Einführen eines Beatmungsschlauches in die Luftröhre) und das Bedienen moderner Narkosegeräte erlernten. Diese Betäubungsmethoden sind heute selbstverständlich, die Intensivmedizin wäre ohne künstliche Beatmung nicht denkbar, ebenso wenig die großen, modernen, langwierigen Operationen.

Allen außer uns fiel auf, dass Jürgen, jener junge Mediziner, der auf der Bauchchirurgie Medizinalassistent war und ich, die ich auf die Knochenchirurgie gehörte, sehr häufig hinter dem mit Klemmen an Infusionsständern befestigten, weißen Tuch am Kopfende ein und desselben Patienten auf der Narkoseseite zu finden waren. Das Wort „Turteltäubchen" fiel immer öfter. Derweil galt unser gemeinsamer Auftritt rein medizinischen Belangen. Eine Verabredung außerhalb der Dienstzeit gelang uns mehrere Wochen lang nicht. Auch brauchte ich erst einmal eine Auszeit, hatte ich doch gerade eine längere Beziehung gelöst. Beide hatten wir viele private Dinge. Ich musste mich oft um meine kranken Eltern kümmern und er um seine

Muggen (Musizieren gegen Entgelt) als viel beschäftigter Geiger in Orchestern und Kammermusikensembles.

Gelegentlich ging ich zur Hausmusik mit und hörte bewundernd dieser für mich völlig neuen Musikform zu. Ich kannte zwar **Verdis Rigoletto, Porgie and Bess von Gershwin sowie die Fledermaus von Johann Strauss,** da ich davon Schallplatten besaß, die ich viele Male auf meinem Grammophon gehört hatte, während ich auf einer Handkurbel betriebenen Nähmaschine nach Schnittmustern meine Garderobe nähte. Auch sang ich im Kirchenchor. Aber, dass ich mal kurzzeitig eine Geige traktiert hatte, wagte ich lange nicht zu erzählen anlässlich solchen Könnens.

Manchmal aber sah Jürgen derart hohlwangig und übernächtigt aus, was mit abendlichem Musizieren nicht zu erklären war. So vermutete ich denn, dass er ein sehr ausschweifendes Nachtleben führte und machte mich rar, um nicht eine Enttäuschung zu erleben, bevor die Beziehung so recht begonnen hätte. Wir begegneten uns neutral, fast kühl bis – ja bis sich endlich das Rätsel löste.

Eines Tages wurde ein junger Mann mit einer Vergiftung eingeliefert. Er kam bald ins akute Nierenversagen, schied keinen Urin mehr aus und wurde bewusstseinsgetrübt. Jürgen ging zum zuständigen Oberarzt und machte den Vorschlag, ihn in das Heidbergkrankenhaus an die „künstliche Niere" zu verlegen. Davon hatte ich zwar schon gehört, wusste aber nichts Genaues.

Der Patient wurde mit dem Rettungswagen verlegt, Jürgen und ich durften ihn begleiten. Es war meine erste Erfahrung im schaukelnden, rasenden Rettungswagen mit Blaulicht. Jürgen tat ganz cool, er hatte das schon öfter erlebt, denn sein Onkel, Dr. Curt Moeller, hatte mit Technikern zusammen die erste künstliche, transportable Niere für Deutschland entwickelt. Diese Behandlung konnte man damals nur bei akutem Nierenversagen und maximal dreimal an einem Patienten anwenden, weil jedes Mal Gefäße in den Ellenbeugen mit Glaskanülen verbunden werden mussten, um einen künstlichen Shunt mit Anschluss an den Dialyseapparat herzustellen. Das Blut musste dann, ungerinnbar gemacht und extracorporal durch eine Zellophanspule gepumpt werden, die von Spülflüssigkeit umgeben war. Das bedeutete einen riesigen Aufwand. Aber die **Moeller-Niere** konnte sogar in einem VW-Käfer innerhalb Deutschlands zum

Patienten hintransportiert werden. Das hatte mein großes medizinisches Vorbild schon oft mit seinem Onkel gemacht, und er hatte auch über die künstliche Niere seine Doktorarbeit geschrieben.

Im Keller 10 des Heidbergkrankenhauses sah es wie in einer altmodischen Waschküche aus, oder sagen wir, weil es sehr hygienisch zugehen musste, wie in einer Milchküche.

Nun erkannte ich, woher die tiefen Ringe unter Jürgens Augen kamen. Die ganze Nacht musste nach dem Anschließen der Apparate die Spülflüssigkeit, die dem Körper die toxischen Stoffe, den schädlichen Harnstoff und überflüssiges Wasser entzog, mit großen Kannen, wirklich ähnlich Milchkannen, gewechselt werden. Ich bekam so eine Kanne gar nicht angehoben. So fiel mir die Aufgabe zu, alle halbe Stunde die Blutgerinnung mit Stoppuhr und einer Art Häkelnadel zu bestimmen.

Diese mindestens acht Stunden, also die ganze Nacht dauernde Tätigkeit wurde schweigend verrichtet. Lediglich die erforderlichen Daten, Gewichtsveränderungen, Salzgehalt, Gerinnungszeit und so weiter wurden in kurzen Einwürfen mitgeteilt. Der schwer atmende Curt Moeller summte, wenn die Sache gut lief, eine Melodie vor sich hin. Die schönste Belohnung für alle Mühe war, wenn der Patient tatsächlich aus dem Coma erwachte und in den folgenden Tagen wieder anfing, selbst Urin auszuscheiden.

Nach diesen Anfängen der künstlichen Niere haben wir die rasante Weiterentwicklung miterlebt. Später konnte man so genannte echte, operative Gefäßverbindungen (**Shunts**) anlegen und Patienten auch zu Hause über Monate und Jahre dialysieren, bis sie eine Spenderniere erhielten und ein fast normales Leben führen konnten.

Die künstliche Niere faszinierte mich so, dass ich, genau wie Jürgen vorher, meine interne Medizinalassistentenzeit auf der zu damaliger Zeit einmaligen Nierenabteilung absolvierte.

Zwei Episoden aus dieser Zeit will ich noch berichten, bevor ich diesen Bereich verlasse.

Eines Tages wurde ein 25-jähriger Mann auf die Nierenabteilung eingeliefert. Bald stellte sich heraus, dass er an einer chronischen Nierenentzündung litt. Um die Diagnose zu sichern, wurde in örtlicher Betäubung eine Nierenbiopsie (Gewebeprobeentnahme mit einer Spezialkanüle) durchgeführt. Diese Methode war ebenfalls nur an wenigen Stellen in Deutschland möglich. Das Gewebe wurde nach spezieller Färbung unter dem Mikroskop, später nach besonderer Markierung unter dem Fluoreszenzmikroskop, untersucht. Dieses aufwendige Verfahren hat Jürgen im Heidbergkrankenhaus eingeführt und maßgeblich weiterentwickelt.

Mit großer Spannung wurde das Untersuchungsergebnis erwartet. Leider bestätigte sich unsere Vermutung, dass es sich bei diesem jungen Mann – nennen wir ihn P. – um eine damals unheilbare chronische, fortschreitende Nierenentzündung handelte, die in absehbarer Zeit unweigerlich zum Tode führen würde.

Bei der Visite schaute uns P. erwartungsvoll an. Der Stationsarzt redete drum herum, stammelte etwas von „man wisse noch nicht so genau". Die Schwestern huschten nach dem Bettenmachen und Fiebermessen so schnell wie möglich wieder aus dem Zimmer. Bei der Chefvisite einmal die Woche verbreitete der Chefarzt mit der imposanten, großen, kräftigen, rotgesichtigen Erscheinung Schulter klopfend Optimismus: „Wird schon wieder, junger Mann!" Aber vor der Tür dozierte er seinem Gefolge aus Oberarzt, Assistenzärzten, Schwestern und Hilfswilligen, dass da nichts zu machen sei. Man könne ihn zwar mit **Kartoffel-Ei-Diät** und reichlicher Trinkmenge noch ein bisschen hinhalten und hoffen, dass ihn bald die mildtätige Urämie, das Nierenversagen mit seinem Coma umfangen möge.

Mir lief es kalt über den Rücken. Ich wandte mich an meinen klugen Jürgen, der inzwischen auf einer anderen Station arbeitete. Gemeinsam schauten wir die Krankenakte durch, suchten in der Bibliothek die neuesten wissenschaftlichen Arbeiten heraus, (Internet mit all seinen Möglichkeiten war noch Utopie) und hofften, eine Therapie zu finden, wobei uns der Idealismus anstachelte, und wir keine Zeit und Mühe scheuten. Vergebens! Auch mein „Vorbild" fand keine Lösung und musste mir meine vage Hoffnung, dass vielleicht doch ein paar Mal Dialyse dem armen Patienten helfen könnte, nehmen. Vielleicht würden ja die Nieren ihre Funktion wieder aufnehmen, hatte ich gedacht.

Mein Quengeln machte Jürgen mürbe. Als Schocktherapie nahm er mich mit in die Pathologie, er hatte dort mehrere Monate gearbeitet und kannte sich aus. Wortlos legte er die Objektträger mit den

Nierengewebeproben des Patienten unter ein hoch auflösendes Mikroskop, stellte mir das Okular scharf ein und sagte: „Schau selbst!"

Ich erschrak. Kaum mehr ein funktionsfähiges Nierenkörperchen war zu erkennen. Es war hoffnungslos. „Warum sagt dann aber der Chef, ´es wird schon wieder`?" schoss es mir durch den Kopf. „Weil er nicht wagt, dem Patienten die Wahrheit zu sagen!"

Das war es. Wie grausam! Ich wagte P. kaum mehr in die Augen zu sehen, wenn ich morgens die Infusionen zur Anregung der Restfunktion der Nieren anlegen musste. Damals gab es noch keine Plastikkanülen, so dass man täglich neu eine Vene mit einer Stahlkanüle punktieren musste. Ich versuchte, fröhlich zu wirken. P. war mir ans Herz gewachsen. Ich bewunderte, wie er sich, sobald die Infusion durchgelaufen war, an den kleinen Tisch im Einzelzimmer setzte, seine Bücher und Hefte ausbreitete und an seiner Examensarbeit saß. Er studierte Kunstgeschichte, wälzte dicke Bildbände, die ihm seine Freundin aus der Bibliothek anschleppte, und arbeitete wie besessen. „Ich muss fertig werden, habe den Termin wegen meiner Krankheit schon verschoben. Noch mal geht das nicht, dann muss ich ein Semester dranhängen. Das will ich nicht!"

Mit einem verschmitzten Lächeln zog er mich am Kittel, als ich wieder flüchten wollte. „Wissen Sie, meine Freundin – Sie haben sie ja öfter gesehen – sie ist wunderbar. Ohne sie wäre ich schon lange krepiert – sie ist – unvergleichlich. Wir lieben uns. Ihnen kann ich das ja sagen, Sie haben ja Schweigepflicht! Wenn ich das Examen fertig habe, wollen wir heiraten. Das Mündliche ist kein Problem, das mache ich mit Links. Reden kann ich. Aber diese Arbeit macht mir zu schaffen. Der Termin rückt immer näher und ich fühle mich oft so schwach!"

Mit einem Kloß im Hals und einem müden Lächeln und schlechtem Gewissen stahl ich mich davon.

Die **Kartoffel-Ei-Diät** (um wenig schwer abbaubares Eiweiß zu sich zu nehmen und die Nieren möglichst wenig mit harnpflichtigen Substanzen zu belasten) half kaum. Der Harnstoffwert stieg langsam und stetig an. Die ratlosen Blicke des jungen Mannes konnte ich kaum mehr ertragen. Einmal wagte ich nach der Chefvisite vorsichtig zu fragen, ob man P. nicht die Wahrheit über seine Krankheit sagen müsse. „Das überlassen Sie man befugteren, erfahreneren Leuten zu gegebener Zeit", wurde ich angeherrscht. Später erkannte ich, es war nur Hilflosigkeit von allen Beteiligten.

Ich hatte schlaflose Nächte, dann einen Alptraum, in dem der junge Patient mit seiner hübschen Braut im weißen Kleid tanzte und beim Hochzeitstanz plötzlich tot zusammen brach.

Am folgenden Nachmittag – ich hatte Nachtdienst und es war ruhig auf Station – ging ich von mir aus zu P. Er lag matt in seinen Kissen, richtete sich aber sofort erfreut auf, als ich das Zimmer betrat. Wir unterhielten uns über alles Mögliche. Ich fragte nach seiner Familie, seinen Eltern, die viel auf Reisen waren, weil sein Vater im diplomatischen Dienst war. Ich hatte sie nur einmal flüchtig gesehen. Geschwister hatte er nicht. Bald würde er ja eine eigene Familie gründen, bemerkte er. Aber es klang nicht sehr glaubhaft.

Plötzlich hielt er mich am Kittel fest und zog mich zu sich heran, um nicht laut sprechen zu müssen: „Fräulein Doktor, oder darf ich „Du" sagen, wir sind doch etwa gleich alt – ich nickte zustimmend – sag mir ehrlich, werde ich noch mal gesund? Komme ich hier noch einmal lebend raus?"

Nun war es heraus. Ermattet sank er in seine Kissen zurück. Es war schummrig im Zimmer, das erleichterte mir meine Antwort. Dennoch schwieg ich lange. Ich nahm seine Hand, drückte sie und konnte kaum „nein" hauchen, bevor mir die Tränen die Stimme erstickten.

„Danke! Danke, dass du mir endlich die Wahrheit sagst", flüsterte er. „Ich habe es geahnt, aber jetzt weiß ich, woran ich bin."

Dann kam eine Art Trotz in ihm hoch. Er knipste die Nachttischlampe an, setzte sich ganz auf und sprudelte hervor: „Trotzdem werde ich es ihnen zeigen. Ich brauche nur noch zwei Kapitel zu schreiben. Im Kopf habe ich es schon fertig. Dann müssen sie mir eben „posthum" mein Examen geben. Ich kann doch nicht den ganzen Kram umsonst gemacht haben. Aber, weißt du, Anja, meine Freundin, die werde ich nicht mehr heiraten. Das wäre ja wie im schlechten Film. Nach meinem Tod soll sie nicht an mich gebunden sein. Zwar findet sie nie mehr so einen feschen Kerl wie mich" – da war er wieder, sein etwas makabrer Humor, der ihm über manches hinweg half – „aber sie soll auch nicht als junge Witwe durchs Leben gehen!"

„Du bist großartig!" konnte ich nur noch stottern. Ich umarmte ihn wie eine Schwester, die Abschied nimmt, und verließ den Raum. Das Neonlicht der Station blendete mich. Die Oberschwester bemerkte meine Tränen, bevor ich sie wegwischen konnte und sah mich fragend an. „Ich habe es ihm gesagt", hauchte ich. „Wie konnten Sie nur!" sagte sie aufgebracht.

Dennoch, es war leichter, gelöster, ehrlicher für alle. Eine Woche später – die liebenswerte Freundin hatte auch ein langes, klärendes Gespräch mit ihm – fiel er ins Coma und verstarb wenig später.

Die Eröffnung so schwer wiegender Wahrheiten ist mir im Laufe meines Lebens häufig nicht erspart geblieben. Ich weiß aber, wie wichtig das klärende Gespräch für die Patienten ist. Bücher wie „Interviews mit Sterbenden" von der Schweizerin **Elisabeth Kübler-Ross** haben mir dabei sehr geholfen. Damals aber war dieses Thema noch tabu.

Erst jetzt, nach Beendigung meiner ärztlichen Tätigkeit, habe ich ein Buch über dieses Thema entdeckt und mit großem Interesse gelesen und mehrfach an junge Ärzte weiterempfohlen. Es ist gerade erschienen und hat den Titel: „Das schwere Gespräch" von dem dänischen Allgemeinarzt **E. Bucka-Lassen,** der ganz wissenschaftlich an das Problem herangeht, schöpfend aus seiner großen Erfahrung als Arzt.

***

Ein weiteres Erlebnis aus meiner Anfängerzeit auf der Nierenstation werde ich auch nie mehr vergessen.

Es war ebenfalls ein junger Mann aus einer sehr reichen arabischen Familie. Die ganze Großfamilie war von ferne hoffnungsvoll angereist. Die Nierenpunktion hatte leider eine schwere, chronische Nierenerkrankung mit in absehbarer Zeit zum Tode führendem Verlauf ergeben. Der Chefarzt musste mit Hilfe eines Dolmetschers vor der versammelten Familie die Diagnose darstellen. Zwei Tage wurde Familienrat gehalten. Dann beschied der „Ältestenrat", bestehend aus Großvater, Vater sowie den Brüdern des Patienten – die weiblichen Mitglieder und der Patient selbst wurden nicht befragt – dass der junge Mann in seiner Heimat sterben und in heimatlicher Erde begraben werden sollte. Unsere Aufgabe war es, ihn durch zweimalige Dialyse transportfähig zu machen, eine medizinische Begleitung und einen Flug zu organisieren. Ein Pfleger und Arzt fanden sich rasch, denn die Familie zahlte großzügig. Selbst die sonst so schwierig zu beschaffenden Visa wurden schnellstens ausgestellt.

Inzwischen war ich schon etwas länger auf der Nierenabteilung. Der Oberarzt überließ mir das operative Einbinden der Glaskanülen zum Anschluss an die künstliche Niere. Solch eine Fummelarbeit lag mir irgendwie.

Als ich mit Mundschutz und mit sterilen Handschuhen in dem kleinen OP erschien, erschrak ich. Die 10-köpfige Familie hatte sich an den Wänden entlang auf Stühlen platziert, die Frauen tief verschleiert. Die Krankenschwestern hatten es nicht verhindern können. Der Senior erhob sich und rief entsetzt: „No, not a woman, not a nurse!" Für ihn war klar, dass ich sicher Krankenschwester und außerdem doch nur eine Frau war.

Fast hätte ich die Handschuhe ausgezogen und der Familie vor die Füße geworfen. Dann besann ich mich aber eines Besseren, richtete mich stolz und gerade auf, stellte selbstbewusst meine eigentlich aufgrund meiner subalternen Stellung als Medizinalassistentin nicht vorhandene Autorität zur Schau, baute mich direkt vor dem Großvater auf und sagte äußerst höflich: „Now, that you have had a thorough look around, you can see that everything is ok. For hygienic reasons, please leave this room and let me do my work! Otherwise ----!" Ich brauchte den Satz nicht zu beenden, hätte auch nicht gewusst, was ich hätte machen wollen, wenn sie meine Aufforderung nicht befolgt hätten. Der Großvater ging, dann der Vater, die Brüder, und die weiblichen Mitglieder folgten natürlich gesenkten Hauptes.

Die Einbindung der Kanülen gelang, die Dialyse konnte sogar zweimal hintereinander angeschlossen werden. Der Patient konnte bei Bewusstsein in sein Heimatland transportiert werden.

Zum Abschied verneigte sich das Familienoberhaupt vornehm und kaum merklich und überreichte mir ein kleines, kunstvoll gehämmertes Messingschälchen: „Thank you, I did not know----!" Er ließ den Satz unvollendet. Ich antwortete mit „sorry" und meinte alles mit diesem kleinen Wort: „Tut mir leid, dass wir nicht mehr für ihn tun konnten, tut mir leid, dass Ihr Enkel so krank ist, tut mir leid, dass ich so streng war und vieles mehr!" Ich konnte die Tränen nicht zurückhalten.

***

Die Zeit der Prüfung

Die Medizinalassistentenzeit näherte sich für Jürgen allmählich dem Ende. Nur das Fach Frauenheilkunde fehlte ihm noch. Dieses Pflichtfach war ein Ausbildungsengpass, da es zu wenig Stellen gab. So entschloss er sich, nach Berlin zu gehen. Das hatte auch den Vorteil, dass man dort die so genannte **Zitterprämie** von etwa 50 DM monatlich bekam. 1963 war Berlin nach dem Mauerbau eine eingeschlossene, geteilte Stadt, die man nur über die Transitstrecke durch die DDR oder mit dem unerschwinglichen Flieger erreichen konnte.

Das war unsere längste Trennung und erste Bewährungsprobe für unsere Beziehung. Meine Familie hatte meinen Freund sofort in ihr Herz geschlossen. Selbst mein gestrenger Vater, der allerdings durch einen mit 54 Jahren erlittenen Schlaganfall halbseitig gelähmt war und kaum mehr sprechen konnte, stieß zustimmende Laute aus, auch meine Mutter, die unter manisch-depressiven Zuständen litt, hatte uneingeschränktes Vertrauen zu ihm. Und mein kritischer großer Bruder? Er war von Jürgen so angetan, dass ich fast aus Opposition die Beziehung beendet oder gar nicht erst richtig geknüpft hätte. Das aber verstehen nur Insider.

Wie aber würde ich in der Großfamilie von Jürgen aufgenommen werden? Er stammte aus einer Medizinerdynastie: Großvater Tierarzt, Vater, Onkel, Tante und zwei Brüder Ärzte, Mutter und zwei Schwestern Krankenschwestern oder medizinisch-technische Assistentinnen, sowie eine Schwester, die ebenfalls Medizin studieren wollte. Außerdem spielte die Musik eine überragende Rolle: Eine Schwester war Pianistin und die anderen alle mindestens Hobbymusiker.

Meinen ersten Besuch in der Familie meines späteren Mannes werde ich nie vergessen. Ein Einfamilienhaus, ein sonnendurchfluteter Wohnraum mit einem Flügel, auf dem eine Geige – seine Geige – im geöffneten Kasten lag, der ältere Bruder, der lässig auf einer Sessellehne hockte und mit dem anderen Bruder telefonierte, der gerade Intern in USA war. Vor allem aber der Vater: Wir verstanden uns auf Anhieb. Er war für mich der Inbegriff des Hausarztes, und wenn ich vielleicht bis dahin noch eventuell eine andere

Facharztausbildung ins Auge gefasst hätte, jetzt war mir sofort klar: Hausarzt wollte ich werden, eine eigene Praxis haben.

Unsere Trennungszeit begann. Viele Briefe gingen hin und her. Keine E-Mails oder SMS-Verstümmelungen, nein, Liebesbriefe auf blauem Briefpapier. Telefonate waren zu teuer. Außerdem gab es noch keine Handys, kein Telefon auf der „Bude" und die öffentlichen Fernsprecher schluckten viel zu gierig die Münzen.

Einmal aber rief mich Jürgen doch aufgeregt an: „Willst du das wirklich machen? Willst du das wirklich wagen?",,Ja klar, so eine Chance lass ich mir doch nicht entgehen!" rief ich begeistert.

Was war? Jürgens Vater hatte mich, die „kleine" Medizinal-assistentin gefragt, ob ich ihn sechs Wochen in der Praxis vertreten wollte unter der Oberaufsicht seiner Schwester, einer Internistin, die in denselben Praxisräumen praktizierte, so dass sie jederzeit für mich erreichbar sein würde. Er wollte endlich einmal nach vielen Jahren Urlaub machen und nach Südamerika reisen. Welch ein Vertrauen!

„Hast du dir das wirklich gut überlegt?" fragte mich Jürgen am anderen Ende der Leitung, weit weg in Berlin, „das wird nicht einfach!" „Klar mach ich das!" Ich glaube, ich habe Jürgen selten so imponiert.

Mit Feuereifer ging ich bei meinem späteren Schwiegervater in die Lehre. Zwei Wochen Einarbeitungszeit! Ich saß mit ihm im Sprechzimmer, ein Oktavheft auf den Knien, hörte zu, machte Notizen, schrieb Rezepte auf, schaute, wie man Ziffern in die Krankenscheine eintrug, guckte in der Anmeldung und im Labor zu, ließ mir das Röntgengerät erklären, gab Spritzen – und vor allem – begleitete ihn auf Hausbesuchen. Er stellte mich den Patienten vor. Sein Vertrauensvorschuss war so groß, dass sein Bonus auf mich abstrahlte. Selbst im Altersheim, wo er einmal die Woche Sprechstunde hielt, stellte er mich vor. Keiner wagte etwa einzuwenden, ob ich das überhaupt könne.

Wenn dieser eher kleine, untersetzte, lebhafte Mann die Tür öffnete, war der Raum von uneingeschränktem Vertrauen erfüllt. Vom Kleinkind bis zur Großmutter gab sich jeder Patient in seine Hände. Ich bewunderte ihn, seine Ruhe, seine Bestimmtheit, seinen Humor und seinen Optimismus, den er ausstrahlte.

Ich freute mich auf meine erste Sprechstunde. Mir konnte nichts passieren. Ich hatte gut aufgepasst. Nebenan im zweiten Sprechzimmer saß Jürgens Tante, die Internistin.

Dann kam die Katastrophe: Mein erster Patient war ein vierschrötiger, kräftiger Mann: „Fru Dokter, ick gleuw, ick hebb`n Bandwurm!" Damit holte er ein Marmeladenglas aus einer Papiertüte hervor und stellte es etwas verschämt auf den Schreibtisch. Die Diagnose stimmte, das sah ich sofort, aber wie hieß bloß das Bandwurmmittel? Hilflos blätterte ich in der damals höchstens ein Drittel so dicken **Roten Liste** (Medikamentenliste, die noch heute als so genannte „rote Bibel" gilt und alle Medikamente mit Wirkungen und Nebenwirkungen enthält). Ich merkte, wie ich rot wurde. Alles hatte ich erwartet. Medikamente gegen Asthma, Bronchitis, Herzschwäche, Windpocken, Schmerzen, Schlaflosigkeit, Rheuma hätte ich herleiern können. Aber Würmer? Oh weh!

Ich erhob mich, schnappte das Glas, sagte forsch: „Moment bitte, wir untersuchen das gleich!" und entschwand. Beschämt klopfte ich nebenan bei der Internistin an und brachte stotternd mein Anliegen hervor. Sie lachte schallend, aber herzlich. „Yomesan", brachte sie schließlich prustend heraus und unterrichtete mich über Dosis, wichtige Vorsichtsmaßnahmen und so weiter, was ich prompt dem wartenden Patienten weiter gab. Ich glaube, er hat meine Unsicherheit und wie peinlich mir alles war, gar nicht gemerkt. Dankend verließ er mit dem von mir flott ausgeschriebenen Rezept den Raum.

Danach aber lief alles bestens und problemlos. Ich brauchte Jürgens Tante nicht mehr zu bemühen. Aber noch Jahre später konnte ich bei Würmern nur schwer ein Lachen unterdrücken.

Ähnlich erging es mir noch einmal – aber das war viel später in eigener Praxis – als ich einem Patienten **Spreizfußeinlagen** aufschreiben sollte und ums Verrecken nicht wusste, ob man **Spreizfuß** nur mit „z" oder mit „tz" schreibt. Ich habe mich dann mit **Fußfehlstatik** aus der Affäre gezogen. **Einlagen** konnte ich nie mehr ohne zu schmunzeln rezeptieren. Ja, es sind die Kleinigkeiten, die einem manchmal die Probleme schaffen.

Meine Arztkarriere wäre allerdings während dieser Vertretung doch fast jäh beendet worden. Nicht, weil ich mich ernsthaft bei einem Patienten angesteckt hätte. Lungenentzündungen, Bronchitis, Hepatitis (Leberentzündung), Schnupfen, Husten, Erkältungen, dicke Mandeln – all das ließ mich kalt dank meiner guten körperlichen Kondition. Es war etwas ganz anderes.

Ich wollte bei einem sehr alten Ehepaar einen Hausbesuch machen. Nach der Besuchsbestellung vermutete ich eine Beinvenenthrombose bei der Frau. Die alten Leute wohnten in einem winzigen Haus, bestehend aus einer Wohnküche, kleinem Bad und einem Schlafraum, in den kaum das Doppelbett hinein passte.

Meine Diagnose stimmte, das Bein war schmerzhaft geschwollen, heiß und rot. Wie ich es bei meinem zukünftigen Schwiegervater gelernt hatte, wollte ich einen Zinkleimkompressionsverband anlegen, denn Heparinspritzen zur Blutverdünnung gab es in der heutigen Form noch nicht. Eine achtzigjährige Frau sechs Wochen stramm im Bett liegen zu lassen, hätte bestimmt eine Lungenembolie zur Folge gehabt. Mit dem Zinkleimverband aber durfte sie aufstehen und herumlaufen.

Ich hatte in einer Extratasche alle Utensilien mitgebracht: Zinkleimbinden, breite elastische Binden, Leukoplast, Gummiunterlage und so weiter. So einen Verband alleine, ohne Hilfsperson anzulegen, ist etwas schwierig. Es war sehr dunkel in dem fensterlosen Raum. Der alte Mann wieselte um mich herum und stand, nicht gerade hilfreich, im Wege. Die 25-Watt-Birne der Nachttischlampe brachte wenig Licht ins Dunkel. Das Deckenlicht funktionierte nicht. Ich ersetzte das Funzellicht durch meinen jugendlichen Elan und war von dem Resultat meiner Bemühungen ganz angetan. Fast war ich fertig. Ich wollte nur noch die so genannten „Generalstreifen" aus Leukoplast längs der Innen- und Außenseite des Beines zur Fixierung der Bindentouren anlegen. Dazu wechselte ich von der rechten Bettseite um das Fußende herum auf die linke Seite – und verschwand mit einem Schrei bis zur Hüfte in einem Loch, wobei mein linkes Bein irgendwie an einem Scharnier hängen geblieben war.

„Oh Gott, Fru Dokter!" rief der Mann total aufgelöst. „Oh weh, oh weh!" Es war so schummrig, dass ich gar nicht recht verstand, was passiert war. Er brachte eine kleine Taschenlampe.

Ich war in ein Kellerloch gefallen. Ein 1 mal 1 Meter großer, 1 Meter tiefer, so genannter begehbarer Keller tat sich direkt neben der linken Bettseite auf. Hier hob das Ehepaar seine verderblichen Lebensmittel, wie Butter, Eier, Käse, Wurst, Milch und Essensreste auf, denn einen Kühlschrank besaßen sie nicht.

„Egon", zeterte die Frau, „hast du wieder vergessen, die Klappe zu schließen!" Schuldbewusst senkte Egon den Kopf. „Na, besser ich spiele **Häschen in der Grube** als Sie", sagte ich. „Ist ja nichts passiert". Mit einiger Mühe zwängte ich mich wieder heraus. Mein Rock war hintergehakt und eingerissen und die Strümpfe hatten breite Laufmaschen. Das war das kleinere Übel. Nicht auszudenken, in welcher Gefahr diese Leutchen ständig lebten. Wenn der Mann vergaß, die Holzklappe zu schließen, musste er morgens beim Aufstehen unweigerlich in die Grube fallen. Wie sollte man so etwas besser absichern? Mir fiel nichts ein.

Jedenfalls kann ich nicht mehr das Lied „Ollsch mitm Licht kannt Bett nich finn, fällt mit de Näs int Kellerloch rin! Laterne, Laterne, Sonne Mond und Sterne!" singen, ohne an diesen Vorfall zu denken.

Als ich lachend Dr. M. nach seiner Reise diese Geschichte erzählte, sagte er ganz trocken: „Ach ja, das habe ich vergessen. Ich hätte Sie warnen müssen!"

Später, in der eigenen Praxis in der Kleinstadt und auf dem Lande war man ganz anderen Gefahren ausgesetzt. Es ging einem etwa so wie dem Postboten. Wahrscheinlich kann der auf dem Grundstück frei herumlaufende Hofhund nicht unterscheiden, ob man als Arzt mit der Tasche kommt, um seinem Frauchen zu helfen, oder ob der Postbote Briefe bringt. Beides ist aus Sicht des Besuchers durchaus löblich. Der Hund aber sieht einen als Eindringling an. Wenn der Patient so krank ist, dass er nicht das Bett verlassen und den Hund wegsperren kann, sondern einem nur angekündigt hat, dass der Haustürschlüssel am tiefsten Zweig des Birnbaums hängt oder im dritten Blumentopf von links hinter dem Mäuerchen zu finden ist, dann kann einen so eine große Bulldogge entweder liebevoll von oben bis unten abschlecken, oder, falls man ihr weniger sympathisch ist, mit Schwung anspringen und umreißen, zumindest aber den hellen Mantel mit schwarzen Pfoten verzieren. Kleine, kläffende Hunde behindern gerne, indem sie sich an einem Hosenbein festbeißen, so dass man, das Hündchen mitzerrend, nur ganz allmählich bis zur Haustür gelangt. Man lernt natürlich bald, wenn man nicht abends Hosenbeinsäume nähen möchte, Leckerlis und Trockenknochen in sämtlichen Jacken- und Manteltaschen zu haben.

Sehr schwierig ist es, Frauchen im Beisein des Hundes eine Spritze zu geben. Das wird der Hund kaum zulassen, da kann er vorher noch so schmusig und niedlich gewesen sein. Anscheinend kennt er das Strafrecht genau. Strafrechtlich ist nämlich eine Spritze oder Blutabnahme eine Körperverletzung, wenn auch mit Einwilligung des Patienten. Das aber weiß der Hund wieder nicht.

Der beste Schutz gegen unvermittelte Angriffe herziger Vierbeiner ist, selbst einen Hund zu haben und so die Hundesprache und Verhaltensweise zu studieren. Jedenfalls hat mir das sehr geholfen.

Unsere beiden Mischlingsschäferhündinnen, die unser Familienleben mit drei Kindern in wunderbarer Weise aufgeheitert, aufgemischt, verschönert und bereichert haben und uns über viele Jahre treu ergeben waren oder noch ergeben sind, haben sich uns als Familie ausgesucht: Die erste – **Wanja** – hat sich bei uns im Winter vor die Tür gelegt, nachdem sie anscheinend ausgesetzt und kein Besitzer zu eruieren war, die andere – **Jessy** – wurde mir von einer Gemeindeschwester, die das Tier aus Mitleid aufgenommen, aber nicht auf Dauer behalten konnte, überlassen. Beide Male haben uns die Tiere das mit großer Zuneigung und Liebe gedankt. Die Liebe zu unserer Familie schloss selbstverständlich unsere Kinder, Schwiegerkinder, deren Freunde und natürlich jetzt die Enkel mit ein. Besonders liebt Jessy natürlich die Enkel, weil sie nicht müde werden, mit ihr zu spielen. Vorsichtig bewacht sie den Mittagsschlaf der Babys oder legt sich mit auf die Spieldecke, lässt sich streicheln und an den Pfoten kitzeln.

Der Postbote oder Zeitungsjungen haben einen schweren Stand. Sollte aber ein Familienmitglied krank sein, so weicht sie nicht von seiner Seite. Das ist wohl so Hundeart, denn Wanja empfand genau so. Gelegentlich haben meine Tochter oder ich Wanja zu alten Leuten zum Hausbesuch mitgenommen. Glücklich strichen auch schwerstkranke und dem Tode geweihte Menschen, auch Patienten mit Alzheimer, über ihr weiches Fell.

Am Anfang meiner Praxiszeit war das meine eigene Idee, oder vielmehr die Idee meiner Tochter, denn damals waren solche positiven Experimente mit Tierbesuchen im Altersheim noch nicht gemacht worden und auch nicht üblich. Inzwischen gibt es genügend bestätigte Berichte und Beobachtungen über die positive Wirkung von Vierbeinern auf einsame Patienten. Natürlich nicht nur auf Patienten, besonders man selber profitiert von der stets freudigen Begrüßung, wenn man abgespannt und müde nach Hause kommt. Ein Hund ist nie nachtragend, immer zu Spaziergängen aufgelegt, der beste Trainingspartner für Sport und Freizeit – kurzum ein treuer Freund. Wie hatte doch unser Alt-Bundespräsident Johannes Rau einmal über seinen Hund so treffend gesagt: „Als Hund eine Katastrophe, als Mensch unersetzlich!" Wie Recht hatte er!

***

Kinder

Jetzt komme ich zum ersten der modernen **3 K**s. 1964 heiratete ich mein medizinisches Vorbild, Traummann Jürgen. Gott segnete uns 1965, 66 und 69 mit drei wunderbaren Kindern, zwei Söhnen und einer Tochter, obwohl wir nicht kirchlich getraut waren und ich statt einer weißen Tüllwolke ein selbst genähtes Brautkleid trug. Dennoch haben wir wahrscheinlich mehr Zeit in Kirchen verbracht als unsere Altersgenossen, Jürgen bei Triosonaten, Violinkonzerten und Kantaten mit der Geige und ich bei Oratorien, Motetten und Chorälen mit dem Kirchenchor.

Auf unserer Hochzeits- und den Geburtsanzeigen, später auch auf unseren Einladungen zu Hauskonzerten fand sich ein selbst entworfenes Emblem mit Violinschlüssel und Äskulapstab als Zeichen, dass Musik und Medizin zeitlebens unser Motto und unsere Leidenschaft blieben.

Unsere Kinder wurden der Mittelpunkt unserer Familie. Sie dankten es uns mit fröhlicher Ausgelassenheit, Liebe und Phantasie. Sie wuchsen gesund und munter heran bis, – ja bis mir zu Hause die Decke auf den Kopf fiel, ich genug hatte von Stoffwindeln ohne Waschmaschine, Möhrengemüse, kalten Spielplatzbänken und Legohäusern, nur unterbrochen von mehrwöchigen Praxisvertretungen bei meinem Schwiegervater und Jürgens Tante, der Internistin, bei der unsere Rangen von der kinderlieben Haushälterin während der Sprechstunden gehütet wurden.

Als mein Mann als einziger seines Jahrgangs 1967 zur Bundeswehr als Stabsarzt einberufen wurde und sich nunmehr ein Jahr lang täglich in die Lüneburger Heide zu seiner Sanitätseinheit begeben musste – den weißen Kittel mit der Uniform vertauschend – übernahm ich seine Stelle auf der inneren Abteilung im Heidbergkrankenhaus. Für unsere beiden Jungen wurde **Tati**, eine hervorragende Kinderkrankenschwester engagiert, die von der stressigen Arbeit in der Universitätskinderklinik pausieren wollte. Natürlich ging mein Gehalt für Kinderbetreuung drauf. Das aber hatten wir einkalkuliert.

Hier möchte ich ein generelles Loblied auf unsere außerge-wöhnlichen Kinderfrauen anbringen, ohne die ich nie meinen be-ruflichen Wunschtraum hätte verwirklichen können. Nach Tati kam **Ulla**, Vegetarierin mit Hang zu gesunder Lebensweise, die oft ihren Lebensgefährten mit einbezog und mit unseren nunmehr drei Kin-dern Ausflüge in Wald und Feld unternahm. Irgendwann später tat **Christa**, die Kapitänsfrau ihr Bestes. Sie war zwar etwas strenger, aber in ihrer Art auch etwas Besonderes, denn sie konnte Klavier-spielen und so den ersten Musikunterricht auf Cello, Geige und Kla-vier beaufsichtigen.

Am meisten aber verdanken wir **Tante Elsen**, der mütterlichen, herzlichen, treuen Seele, die – geschieden – uns als ihre Ersatz-familie betrachtete und die meiste Zeit bei uns wohnte. Sie war per-fekt im Haushalt, kochte, buk, wusch und scheuerte, war immer guter Laune trotz einer chronischen Krankheit und schrecklicher „offener Beine" und liebte unsere Rangen uneingeschränkt. Weinte eines, weil es sich verletzt hatte, drückte sie es einfach an ihre große, weiche Brust, und die Welt war wieder in Ordnung.

Zeitweilig waren wir acht Personen im Hause, denn meine Eltern lebten in den letzten Wochen vor dem Tode meines Vaters bei uns. Ihn hatte sie besonders ins Herz geschlossen. Er war durch seinen Schlaganfall sehr unbeweglich, konnte kaum sprechen. Sie war es, die ihm seine geliebten, selbst geriebenen Kartoffelpuffer buk, von denen er glücklich große Mengen verdrücken konnte.

Natürlich hatte ich oft ein schlechtes Gewissen, wenn ich wieder einmal spät aus der Klinik kam oder sogar durch die Dienste über Nacht fort blieb. Aber bei Tante Elsen hielt sich mein **Raben-muttergefühl** in Grenzen, da man sich natürlich, wenn man zu Hause war, besonders intensiv den Kindern widmete. Übrigens gibt es das Wort **Rabenmutter** für berufstätige Mütter meines Wissens nur in der deutschen Sprache. In anderen Ländern ist es nichts besonderes, seine Kinder bereits mit einem Jahr in Kinderkrippen oder zu Tagesmüttern zu geben. Damals aber war es ungewöhnlich und erschien egoistisch.

Die Einstellung zur Berufstätigkeit von Müttern erhellt auch folgendes Erlebnis: Als ich mich in einem konfessionellen Kranken-haus bei dem internistischen Chef um eine Stelle bewarb, schaute er mich durchdringend an und fragte: „Was machen Sie, wenn eines Ihrer Kinder Masern hat?"„Dann komme ich natürlich zur Arbeit, denn ich habe Masern gehabt und habe eine sehr gute Kinderfrau!" Statt meiner hat die Stelle natürlich ein Mann bekommen. Heute würde man das **Diskriminierung der Frau** nennen, damals galt der vernichtende Blick der **Rabenmutter**!

Durch meine Probleme sensibilisiert, hat mein Mann, als späterer Chefarzt, viel für Ärztinnen getan. Er hat Halbtagsstellen und andere Teilzeitmodelle geschaffen und ist von seinen hoch motivierten, weiblichen Teammitgliedern nie enttäuscht worden.

Hier noch eine, wie ich finde, wichtige Feststellung: Drei Kinder sind einfacher als eines. Sie können zusammen spielen, sich helfen, sich trösten, sich streiten, sich auch mal gemeinsam gegen die Übermacht der Eltern stellen. Sie sind selten alleine, wo drei Kinder sind, kommen meist noch Freunde hinzu. Bei uns haben oft 10 bis 12 Kinder auf dem kleinen gepflasterten Platz vor dem Hause gespielt, gebaut, geradelt, gezankt. Die Gärten unserer Gegend hatten keine Zäune, überall wohnten Kinder, und die Paare, die keine hatten, wie unsere Nachbarn, hätten gerne welche gehabt und liebten unsere wie ihre eigenen. Keiner beschwerte sich über Lärm oder aus Versehen abgeknickte Zweige. Fahrgemeinschaften zum Sport oder Kindergarten wurden unkompliziert geregelt.

Trotzdem kann ich noch heute den Schreck nachempfinden, der mich erfasste, wenn morgens um halb sieben das Telefon klingelte und unsere Kinderfrau mitteilte, dass sie die nächsten zwei Wochen krank sei, ich aber um 8 Uhr in der Praxis sein musste. Das war zu der Zeit, da unsere wunderbare Tante Elsen leider aus Krankheitsgründen nicht mehr arbeiten konnte.

Dann war Organisationstalent gefragt: Milchreis ankochen, für mittags ins Bett stellen, Waschmaschine anwerfen, Kindergartenkinder alle mitnehmen, dafür aber nicht abholen, für die Schulkinder einen Schlüssel bei Nachbarn deponieren, hoffen, dass nicht zu viele Hausbesuche zwischen der Vor- und der Nachmittagssprechstunde anfallen und so weiter. Auf meinen Mann konnte ich keine Aufgaben übertragen, denn er war als Oberarzt einer großen Klinik genug eingespannt. Die größte Hilfe meines Mannes bestand darin, dass er früh erkannte, wie wichtig mir mein Beruf war und nie versucht hat, mir das auszureden.

Außerdem war er **pflegeleicht,** wie unsere Kinder und hegte keine kulinarischen Ansprüche, womit ich zwanglos zu Punkt zwei überleite. Auch war, als wir 1978 nach Buchholz zogen, das gemütliche Leben mit Kinderfrau vorbei. Ich war auf mich alleine gestellt.

***

Küche

Merkwürdigerweise liebe ich es zu kochen. Bereits als Schülerin musste ich oft nach der Schule Mittagessen zubereiten, da meine Mutter im Büro half. Den leidigen Abwasch erledigten mein Bruder und ich gemeinsam, wobei wir mit viel Phantasie Radiosendungen nachmachten. Ebenso verfuhren wir bei dem langweiligen Schmieren von Schnittchen für Geschäftsfreunde meines Vaters. Also, Kochen war kein Problem für mich. Ich behaupte sogar, ich koche gerne – mit gewissen Vorbedingungen. Gerne stöbere ich in Kochbüchern und Küchenkalendern, suche mir hübsch aussehende Gerichte heraus, verändere die Zutaten bis zur Unkenntlichkeit, da ich selten im Hause habe, was vorgeschrieben ist und nehme nur etwas mit kurzer Vorbereitungszeit. Dann ist es mein sportliches Bestreben, die angegebene Zeit um mindestens fünf Minuten zu unterbieten. Schnell muss alles gehen! Daher kann ich ohne meinen gut dreißig Jahre alten Dampfdrucktopf, meinen über zwanzig Jahre alten Umluftbackofen mit Zeitschaltuhr, in den ich drei Etagen zugleich einschichten kann, eine alles bedeckende Schürze, um in der Hitze des Gefechts frei hantieren zu können und mindestens zwei Kurzzeitwecker, nicht arbeiten.

Nichts macht mir mehr Spaß, als wenn der Auflauf in dem Moment klingelt, wenn die hungrige Familie das Haus betritt, und mein Mann fragt, wann ich das denn gezaubert hätte. Ich liebe es, wenn drei Töpfe gleichzeitig brodeln, und ich in letzter Minute einen Nachtisch kreiere, die Schürze abbinde, mich an den Tisch setze und das zufriedene Kratzen des Bestecks höre.

Wenn mich nicht alles täuscht, haben unsere drei Kinder in gewisser Weise auch Spaß am Kochen. Natürlich nicht das tägliche Einerlei, aber doch gelegentlich. Es hat etwas Kreatives, in höchstem Maße Befriedigendes. Meinen Mann hat die Kochleidenschaft allerdings bisher nicht sehr ergriffen, aber er kann die besten Spaghetti mit Tomatensauce kochen, was er anlässlich eines Urlaubs mit allen drei – damals noch kleinen – Kindern bewiesen hat.

Es gibt eine Tätigkeit im Haushalt, die ich ebenfalls liebe: **Bügeln**! Auch hier lege ich meinen Ehrgeiz darein, Oberhemden und

Blusen in kürzerer Zeit, als in einer Annonce angeboten, zu bügeln: „Bügele Ihre Hemden, sechs Stück in einer halben Stunde!" Dann müssen doch sieben zu schaffen sein! Am besten geht es beim **Tatort**. Je spannender das Geschehen am Fernseher, desto schneller fährt das Eisen über den Stoff. Das Resultat lässt sich unter Pullovern nicht so genau beurteilen.

***

Klein-Karriere

Klein-Karriere ist nicht zu verwechseln mit klein-kariert. Ich meine damit, dass ich nie die Position einer Ober- oder Chefärztin angestrebt habe. Praktische Ärztin war mein Ziel, mit der Betonung auf **praktisch.** Auch in meinem Laienorchester sitze ich als Bratsche am liebsten versteckt am letzten Pult, hinter mir die Loriotfigur ähnlichen, spitzmündigen Fagotte wissend, gestützt vom taktfesten Schrumm-Schrumm der Kontrabässe von links, während mein profimäßig spielender Mann jahrelang Konzertmeister eines großen Facharzteorchesters war. Diese Position hatte große Vorteile, weil wir mit diesem Orchester herrliche Reisen selbst nach Japan, Thailand, Indien, Mexiko, Spanien, Österreich, USA und durch ganz Deutschland gemacht haben.

Hartnäckig fasste ich mein Ziel ins Auge. Als eine der ersten in Hamburg machte ich die Prüfung zum neu entstandenen Facharzt für Allgemeinmedizin, wofür ich die Pflichtfächer Innere, Chirurgie und Gynäkologie absolvierte. Meine erforderliche Praxiszeit durfte ich bei meinem Schwiegervater machen, allerdings erst, als er mir zuliebe selbst den Antrag auf die Berufsbezeichnung „Facharzt für Allgemeinmedizin" stellte. Das war mühelos möglich, da er über dreißig Jahre praktischer Arzt war. Er fand das eigentlich völlig überflüssig: „Ich bin seit Jahrzehnten praktischer Arzt der gesamten Heilkunde. Das ist doch mehr als ein Facharzt!" Aus seiner Sicht hatte er sicher Recht. So ein breites Tätigkeitsfeld mit Geburtshilfe, kleinen Operationen, Röntgen, Füllen von Pneus (spezielles Verfahren zur Behandlung von Lungentuberkulose), Kinderheilkunde, Schwangerenbetreuung, Familienberatung Amtsarzttätigkeit, Psychotherapie und Gesundheitsberatung und vieles mehr erfüllt kein heutiger Hausarzt mehr. Zähneknirschend reichte er seine Unterlagen ein. Er tat es für mich, sonst hätte ich nicht seine Praxisassistentin sein können. 1975 habe ich seine Praxis übernommen, leider nur für drei Jahre, bis wir nach Buchholz zogen.

Meine längste Kinderpause, nur unterbrochen von Vertretungen, betrug knapp drei Jahre. Als mir dann eine Stelle auf der inneren Abteilung im Heidbergkrankenhaus angeboten wurde, hatte ich schon Muffensausen, denn Wiedereingliederungskurse wie heute gab es natürlich nicht. Meine anfänglichen Bedenken verflogen schnell. Der Kollege, der mich auf der Station einführen sollte, erschien mir hilfloser als ich es war. Nach wenigen Tagen fühlte ich mich wieder heimisch und – ich gebe es zu – ihm sogar ein wenig überlegen. Als dann der Chef den Arzt überraschte, wie er lässig die Füße auf dem Schreibtisch, in arroganter Manier mit gezierter Sprache Arztbriefe ohne jeden Durchblick und mageren Inhalts diktierte, beschied er freundlich aber bestimmt: „Am besten gehen Sie an Ihre Mutterklinik zurück!" Fortan war ich alleinverantwortlich für die große Station. Aber hilfsbereite Kollegen und Oberärzte standen mir jederzeit mit Rat und Tat bei.

Das Einleben in der Kleinstadt Buchholz war weniger schwierig als gedacht. Bald bat man mich wieder um Praxisvertretungen, so dass ich 1983, als ich endlich niedergelassene Allgemeinärztin in einer großen Gemeinschaftspraxis mit einer, später zwei und sogar drei wunderbaren Kolleginnen wurde, bereits mühelos alle wichtigen Strassen für die Hausbesuche fand. Wir hielten gemeinsam das **Hamsterrad** in Gang, denn eine moderne Praxis in den Schraubstöcken der Krankenkassen, Kassenärztlichen Vereinigung, der Sparzwänge, gepaart mit den teuren Ansprüchen der modernen Medizin und der internetaufgeklärten Patienten ist meines Erachtens kaum mehr im Alleingang zu bewältigen. Deshalb gilt auch meinen Kolleginnen und unseren großartigen Helferinnen mein Dank. Wie wichtig ist es, einfach mal Probleme durchzusprechen, auch mal zu lachen oder die anderen an seinen Sorgen teilnehmen zu lassen.

In dieser Zeit der Praxistätigkeit habe ich Geschichten und Gedichte geschrieben und am Ende dieses Buches zusammengefasst. Es sind ernste und heitere Erlebnisse mit Patienten, die ich, um die ärztliche Schweigepflicht nicht zu verletzen, verfremdet und abgeändert habe, ohne aber den Wahrheitsgehalt zu verfälschen.

Manche Grundkrankheiten, die immer wieder auftauchen, haben mich so beschäftigt, dass ich sie in Gedichtform gegossen habe, die bereits teilweise in Anthologien veröffentlicht wurden.

Jeder geht mit belastenden Eindrücken seines Berufes auf seine Weise um. Ich habe für mich das Schreiben als Ventil gebraucht.

Gedankenblitze

Peter Handke hat die „Gedanken eines Torwarts vorm Elfmeter" beschrieben, ich möchte die Gedanken einer Ärztin beim Notfalleinsatz beschreiben.

3 Uhr 3′ in der Früh: Das Telefon klingelt: „Mein Mann ist Diabetiker und ich weiß nicht, er ist ohnmächtig, und das **Zuckerding** funktioniert nicht."

Der Reflex läuft ab: Adresse – wo liegt das Haus, rechts oder links an der Straße? – Lampe bitte anmachen – derweil fahre ich schon in die Klamotten, bin froh, dass ich das Auto nicht in die Garage gebracht habe. Es schießt mir durch den Kopf: „Oh weh, du hast kein **Glukagon** im Koffer." Gerade hatten wir beschlossen, es nicht mehr in unserer Besuchstasche mitzuführen, weil es nach wenigen Monaten verfällt und meine Kolleginnen und ich es nie gebraucht hatten. Das Medikament ist sehr teuer.

Ich rase los, schneller als erlaubt. Nun muss man wissen, ich bin nur Hausärztin und versehe den Hintergrunddienst, ich bin kein gestandener Notarzt, und ich bin nicht mehr jung. Die ganze Intensivmedizin kam erst nach meiner Klinikzeit auf. Notfallkurse bringen einen zwar theoretisch wieder auf den neuesten Stand des Wissens, aber „grau, Freund, ist alle Theorie".

Die Frau steht im Schlafanzug am Gartentor. Ich lasse die Warnleuchte an, stehe ganz ungünstig am Straßenrand im Halteverbot. Ist egal. Ich schnappe den Koffer und eile ins Haus. Der etwa vierzigjährige kräftige Mann ist tief bewusstlos, nicht erweckbar, schweißig, Schnarchatmung! **Zuckerschock, also Unterzuckerung.**

Da liegt das **Zuckerding**, wie die Frau sich ausgedrückt hatte. Glukagon, das Hormon, das im Notfall unter die Haut gespritzt, den Blutzuckerspiegel anhebt, indem es alle Reserven im Körper mobilisiert. Die Ehefrau hatte die Flüssigkeit nicht richtig gemischt, und das Pulver klebte am inneren Rand der Ampulle, während die Flüssigkeit ausgelaufen war. Mein praktischer Hausfrauensinn kam mir zugute. Schnell löse ich das pulverige Medikament in physiologischer Kochsalzlösung aus meiner Tasche auf und injiziere es.

Dann läuft alles völlig cool ab. Ich bin selbst von mir überrascht. Blutzucker nicht messbar, Kreislauf mäßig. Ich weise die Frau an, den Rettungswagen zu rufen und meinen anderen Notfallkoffer aus dem Auto zu holen mit weiteren Medikamenten. Oma, auch im Nachtfrack, bitte ich, die Lampe zu halten, weil es in deutschen Schlafzimmern meist stockdunkel ist, Braunüle legen, dem Rettungsassistenten, der inzwischen eingetroffen ist, zurufen: „Glukoselöung als Infusion bitte!"– anhängen – Oma muss diese nun halten, und siehe da, der Patient erwacht. Schon nach dem Glukagon war er unruhig geworden und hatte gestöhnt, ein gutes Zeichen.

Dann stehen alle um den langsam aus seiner Bewusstlosigkeit zurückkehrenden Patienten herum. Die Worte meines alten Professors aus der internen Vorlesung an der Uni vor über 35 Jahren kommen mir in den Sinn: „Und nie werden Sie das Glücksgefühl vergessen, das Sie durchströmt, wenn sie Traubenzucker injizieren beim Zuckerschock, und der Patient schlägt die Augen auf. Deshalb denken Sie dran, fackeln Sie nicht lange, wenn Sie einen bewusstlosen Diabetiker haben. Die Traubenzuckergabe bringt einen bei Überzuckerungskoma nicht um, aber sie kann das Leben eines Menschen im Zuckerschock retten." – Wie Recht hatte er! –

Erst jetzt merke ich, dass ich noch immer sehr unbequem auf dem Boden neben dem niedrigen Bett knie, um sehr langsam den hochprozentigen Traubenzucker im Nebenschluss der Infusion zu injizieren. „Was ist denn eigentlich los?" fragt der Patient. Befreit lachen wir alle. Natürlich muss er noch für ein paar Stunden zur Beobachtung ins Krankenhaus, aber seine Reise nach Mallorca konnte er dennoch am selben Nachmittag antreten.

Und die Gedanken einer Ärztin nach dem Einsatz: „Danke Gott, dass die Leute Glukagon da hatten, danke, dass ich die Braunüle gleich in die Vene bekam, danke, dass Du mich hast so cool bleiben lassen, danke, dass Du bei mir warst!"

Für die jungen Ärzte heute ist das alles eine Selbstverständlichkeit. Sie machen Ausbildung zum Arzt im Rettungswesen, sie fahren auf dem Notarztwagen mit, bis sie Routine haben, aber wir Hausärzte werden auf Gespräche, klinische Untersuchungstechniken mit Stethoskop und Blutdruckmesser getrimmt und stehen am Krankenbett zunächst mal ohne Hilfsmittel da.

Wie gut auch, dass die Ehefrau so rasch reagiert hat und überhaupt aufgewacht ist. Auch da hatte sicher Gott seine Hand mit im Spiel, daran glaube ich ganz fest.

Juli 1996

Die Modenschau

Wie alle vier Wochen ging ich zum Hausbesuch zu Frau K., das Übliche: Ein bisschen reden, Blutdruck messen, Herz und Lunge abhorchen, schauen, ob die Beine dick sind und so weiter. Frau K. ist an die 90 und kann nur noch selten das Haus verlassen. Ihr Mann sitzt seit bestimmt 25 Jahren die meiste Zeit auf dem Sofa und raucht eine Zigarre nach der anderen, obwohl er wegen Durchblutungs-störungen vor vielen Jahren oberschenkelamputiert worden ist. „Fritz", fleht sie immer, „hör doch auf mit dem Qualmen. Du weißt doch - - - !"und dabei schaut sie schuldbewusst zu mir, so als könnte sie etwas daran ändern, wenn sie strenger wäre. Er knurrt nur etwas unverständlich Mürrisches vor sich hin und pafft weiter blaue Ringe in die Luft, die bereits zum Schneiden ist und selbst mir Gesunden den Atem raubt. Natürlich muss auch der Naschteller immer gut gefüllt sein trotz der Zuckerkrankheit. Frau K. versucht auch nur noch mir gegenüber entschuldigend darauf hinzuweisen, dass das Marzipan nur für die Enkel da stünde. Das mit den Enkeln ist aber nur ein Wunschdenken, denn die beiden alten Leute wurden seit Jahren nicht mehr von den Enkeln besucht. Außer einmal die Woche die Putzfrau und alle paar Wochen die Tochter kommt wohl keiner mehr.

Für meinen Hausbesuch macht sich Frau K. immer besonders zurecht, und sie scheint sich auf die Abwechslung zu freuen. Ich gebe zu, ich mag auch gerne hinfahren und sehe es nicht als Last an.

Diesmal öffnet sie in einem hellblauen Rollkragenpullover die Tür und schaut verschämt auf den Boden. Ich bin verblüfft und rufe spontan aus: „Sie sehen ja schick aus, so richtig – frisch!" Sie wagt den Kopf zu heben und lässt mich eintreten. Ein freudiges Lächeln huscht über ihr Gesicht. „Meinen Sie das wirklich?" fragt sie zögernd. Ich nicke bestätigend. „Meine Tochter hat mich ausgelacht und gesagt, das sei albern, so ein heller Pullover für so eine alte Frau. Aber meine Putzfrau hat ihn mir doch selbst gestrickt, da muss ich ihn doch anziehen."

„Er steht Ihnen prima!" betone ich noch einmal. „Kommen Sie mal ans Licht, damit ich Sie besser anschauen kann!"

Wie ein junges Mädchen steht sie jetzt da und betrachtet sich in der Scheibe ihres Wohnzimmerschrankes. Und wirklich, sie sieht bezaubernd aus, diese 90 jährige alte Dame. Plötzlich tut sie ganz geheimnisvoll: „Warten Sie mal, ich muss Ihnen was zeigen!"– Sie huscht mit schnellen Schrittchen ins Schlafzimmer und kommt mit noch einem selbst gestrickten Pullover in Altrosa zurück.

Und da stehen wir beide nun, und ich halte ihr den altrosa Pulli an. „Der steht Ihnen fast noch besser, wunderbar, schauen Sie nur, zu Ihrem grauen Haar. Schöne Pastelltöne!"

Ein glockenhelles, fröhliches Lachen kullert aus ihrer Kehle. Sie dreht sich vor dem Spiegel und sagt immer zu: „Meinen Sie wirklich, meinen Sie wirklich, ich kann das tragen?" „Natürlich, klar und wie!"

Mit einem Blick zu ihrem unbeteiligt paffenden, grummelnden Mann gewandt sagt sie: „Er sagt nie mal, was er meint, da weiß ich nie, woran ich bin." „So ist das nun mal, Männer verstehen eben nichts davon", beschließe ich unsere kleine Modenschau.

Beim nächsten Hausbesuch hat sie den „Altrosa" an, und wir verstehen uns ohne Worte nur mit den Augen. Zum Abschied winkt sie mir vom Balkon.

Dezember 1995

Routinebesuch

Wieder ein Hausbesuch bei einer alten Dame, wo auch weniger das Medizinische als das menschlich betreuende Gespräch und die Zuwendung wichtig sind. Das sind die so genannten Routinebesuche, die einem als Hausarzt in anstrengenden Grippe- oder Urlaubszeiten sehr lästig sein können, aber doch absolut notwendig sind. Sie können auch viel Freude bereiten, weil man die Dankbarkeit des Patienten spürt. Wenn ich an diesen Besuch denke, muss ich schmunzeln.

Diese Patientin war ganz allein stehend, hatte nicht einmal einen „Knöttermann" auf dem Sofa, aber sie hatte ihre winzige Wohnung mit lauter Blumen geschmückt – Kunstblumensträußen, die sie wohl vor Jahren geschenkt bekommen hatte.

Es hatte sich ein Ritual ausgebildet: Immer wieder schaute ich mir die Geranien, Tulpen, Rosen, Margeriten an und fragte erstaunt: „Die sind doch aber echt!" Dann lachte sie verschmitzt, weil ich wieder herein gefallen war: „Nein, nein, die sind nicht echt, die hab ich schon jahrelang!"

Diesmal suchte ich vergeblich den Strauß vom Flur. „Wo ist denn der herrliche weiße Margeritenstrauß?", fragte ich ganz irritiert.

„In der Waschmaschine", kam es fröhlich herausgeschossen, „zusammen mit den Küchengardinen!" Da war ich platt!

***

Noch eine kleine Begebenheit: Die 80 jährige Frau P. kommt in die Praxis. Am Wochenende hatte sie Aufregung gehabt, und da hatte sich ihr Herz wieder gemeldet. Ich sagte, dass wir doch lieber ein EKG machen wollen.

„Das bringt doch nichts, Frau Doktor, Sie wissen doch, ich habe doch diesen – na wie heißt das gleich, wo man immer nichts erkennen kann, diesen – **Eisblock**.“

Mühsam verkneife ich mir ein Lachen. Sie meinte einen **Linksschenkelblock**, eine elektrische Reizleitungsstörung des Herzens, der leicht einen Herzinfarkt maskieren kann, so dass man ihn übersieht.

***

Noch ein Routinebesuch, den ich nie mehr vergessen werde. Mehrere Jahre lang fuhr ich regelmäßig zu einem alten Ehepaar. Er war noch gebrechlicher als sie, so dass sie ihn nach Kräften versuchte zu pflegen. Sie hatten keine Kinder, nur eine alte Landschildkröte lebte in der Wohnung auf dem Flur, liebevoll versorgt mit Salatblättern. Nachts rollte sich das Tier in eine alte Decke ein. Die alte Frau sprach mit der Schildkröte wie mit einem Menschen. Sie erzählte ihr, wie das Wetter draußen ist, ob die Sonne scheint, ob es regnet. Abends holte sie die Schildkröte ins Wohnzimmer und ließ sie am Fernsehgeschehen teilnehmen.

Man mochte das Szenario ja für etwas spinnert halten, aber es war doch etwas Lebendiges im Hause, und das allein zählte.

Als der Mann plötzlich am Schlaganfall verstarb, nahm ich an, die alte Dame würde ins Altersheim gehen. Nein, sie bestand darauf, weiter in der Wohnung zu bleiben, denn in ein Heim dürfe sie sicher ihre Schildkröte nicht mitnehmen.

Ich besuchte sie noch etwa drei Jahre. Sie konnte kaum mehr aufstehen, zwang sich aber jeden Tag, wenn auch nur kurz, ein paar Schritte in der Wohnung zu machen und ihren gewohnten Plausch mit der Schildkröte zu halten. Die Salatblätter musste ihr ihre Nachbarin mitbringen, und ein Zivi erledigte ihre sonstigen Einkäufe. Die Salatblätter aber trug sie ihm nicht auf, denn das würde er nicht richtig aussuchen.

Weiterhin saß die Schildkröte abends auf ihrem Schoß. **Mathilda** nannte sie ihr Haustier liebevoll, und Mathilda hörte geduldig die immer wiederkehrenden Geschichten vom Wetter, aber auch die neuesten Geschehnisse in der Politik, worüber sich die Patientin noch heftig aufregen konnte. Mit Stolz erklärte mir die alte Dame, dass Mathilda sie noch nie nass gepinkelt habe. Sie mache nur in eine mit Zeitungen ausgelegte Ecke. Wie alt die Schildkröte war, wusste keiner. Sie hatte sie einmal von einer Freundin übernommen, die vor Jahren gestorben war. „Ich hatte ihr versprochen, immer für sie zu sorgen, so lange ich lebe. Was ich verspreche, halte ich."

Eines Tages, als ich wieder zu Besuch kam, war die Welt verändert. Die Patientin trug schwarze Kleidung, Tränen standen in ihren Augen, der Mund zuckte, sie setzte sich sofort hin, schlug die Hände vor das Gesicht und schluchzte. „Nun mag ich auch nicht mehr leben!" brachte sie leise hervor. „Mathilda ist tot, gestern, ganz plötzlich, ganz friedlich, einfach nicht wieder aufgewacht. Ich habe mich nicht mal richtig verabschieden können, derweil hab ich ihr abends noch erzählt, dass heute der Todestag von Herbert, meinem Mann, ist. Sie hat sogar genickt, und dann den Kopf in ihren Panzer eingezogen, als ob sie mich verstanden hätte." „Sicher hat sie Sie verstanden", versuchte ich sie zu trösten. „Jetzt ist mein Leben sinnlos. Ich gehe zu meinem Mann!" Das sagte sie so bestimmt, dass ich nichts erwiderte.

Ich habe sie noch ein paar Mal besucht, aber sie kam nicht mehr aus ihrer Trauer heraus. Mein Vorschlag, sich wieder ein Tier anzuschaffen, belächelte sie müde. „Nein, Frau Doktor, wissen Sie, wie alt Schildkröten werden? Dann bliebe die Arme alleine, so wie ich jetzt. Nein, das ist zu grausam. Gott wird mich sicher bald holen, und ich bin bereit."

Merkwürdigerweise erfasste mich bei diesen Worten ein tiefes Gefühl der Zufriedenheit. Ja, das war stimmig! Ich konnte und wollte nichts darauf sagen, nichts ergänzen, nichts ausreden oder vorschlagen. Das war ein erfülltes Leben.

Drei Wochen später war sie friedlich eingeschlafen. Ein Lächeln lag auf ihrem Gesicht!

Januar 1996

Pflegestufe 3

Frau L., die ihren 90. Geburtstag auch schon hinter sich hatte, ist eigentlich schwerstpflegebedürftig, schwer herzkrank mit dicken Beinen, kurzluftig, wenig belastbar. Aber im Kopf ist sie helle wie eine Sechzigjährige. Ihr ist vom medizinischen Dienst aus unerfindlichen Gründen **Pflegestufe 3** zuerkannt, und damit kommt dreimal täglich jemand von der Sozialstation und betreut sie.

Das Betreuen wird in einem großen Ordner penibel protokolliert, was die alte Dame genau registriert. Morgens hilft man ihr beim Anziehen und beim Wickeln der Beine, mittags soll ihr das Essen, das die Tochter vorkocht, gewärmt werden und abends soll sie ins Bett gebracht werden.

Da nun dreimal Pflege bewilligt wurde, wird auch dreimal täglich Hilfe angenommen. Sie braucht das eigentlich nicht. Im Gegenteil, sie schlägt den Helferinnen ein Schnippchen, durchschaut sie und überlistet sie.

„Stellen Sie sich vor, um 11 Uhr soll ich schon Mittag essen. Selbst würden die nie um diese Zeit essen. Na, die stellen das Essen in die Mikrowelle, und wenn sie weg sind, nehme ich es wieder heraus und mache es mir um halb 1 Uhr warm. Und denken Sie man nicht, dass ich mich um ½ 6 abends schon ausziehen lasse. Was soll denn das! Ich will doch noch fernsehen und den Krimi gucken. Die halten mich für **drollig**! Sollen sie doch denken, die Alte ist wunderlich. Sie denken wohl, mit uns Alten können sie es machen."

Dann lacht sie schelmisch und freut sich, dass sie alle austrickst. Als sie sich vor einem Jahr den Arm gebrochen hat, fing sie gleich, nachdem sie den Gips hatte, an, die Finger zu bewegen und zu trainieren. Ihr Verband sah bereits am zweiten Tag so aus, wie bei einem Lausejungen, der mit dem Gips Fußball spielt. Ihr Kommentar: „Ein sauberer Verband zeigt doch nur, dass man faul ist!"

Recht hat sie. Der Hausbesuch dort ist immer ergötzlich.

Januar 1996

Amnesie

„Bist du fertig?" fragte ich meinen Mann, „wir müssen noch rasch nach Hause, uns umziehen, in unseren Alltagsklamotten können wir nicht vor Gericht erscheinen. Das macht keinen guten Eindruck!" „Du hast Recht, ich komme!"

Die Praxis war wie immer sehr voll gewesen. Die Grippewelle ging um. Aber wir hatten die Sprechstunde dank der tüchtigen Arzthelferinnen gut geschafft und konnten beruhigt gehen. Wir sollten als Zeugen in einem Unfallprozess, bei dem es um Fahrerflucht ging, aussagen. Das belastete uns nicht, denn es ging nur um Blechschaden, und wir waren rein zufällige Zeugen und brauchten kein medizinisches Gutachten abzugeben. Trotzdem wollten wir nicht gerade in Jeans und Pullover auftreten.

Wir beschlossen, zu Fuß zu gehen, denn unsere Wohnung sowie das Gericht waren nicht weit. Wir hatten genug Zeit, und das Wetter war wunderbar. Ein kleiner Spaziergang würde uns gut tun.

Flott liefen wir die Strasse entlang. Plötzlich war alles verändert. Die Straße war von riesigen Wolkenkratzern umgeben, lag wie ein Schacht zwischen den Häuserfluchten. Der Himmel verdüsterte sich, alles war grau in grau. Wir fassten uns an den Händen, liefen hilflos hin und her. „Wo sind wir?" flüsterte ich ängstlich. „Ich glaube, wir müssen da lang!" meinte mein Mann und zog mich in eine Seitenstrasse.

Rote Häuser! Wo gab es denn bei uns in der Gegend rote Backsteinhäuser? Ich schaute zum Himmel, der zwischen den hohen Häusern kaum mehr zu erkennen war. Da, ein alter Wasserturm! Den hatte ich noch nie gesehen. „Komm schon, komm schon", rief mein Mann, „wir kommen noch zu spät zum Gericht!"

Offensichtlich wusste mein Mann auch nicht mehr, wo wir waren. Wir versuchten, den Straßennamen zu entziffern. Ich hatte keine Ahnung, was die Buchstaben bedeuteten. „Was ist los mit uns?" schrie ich. Mein Schädel brummte, ich sah wie durch Nebelschleier. Mein Mann blieb abrupt stehen: *„Globale Amnesie"*, sagte er sachlich. „Wir haben eine globale Amnesie."

Als Ärztin wusste ich, was Amnesie bedeutete, E r i n e r u n g s - l ü c k e, global, also umfassend, total – auf alle möglichen Bereiche bezogen? Vielleicht hatten Patienten so etwas, aber wir? Und dann beide gleichzeitig? – Wieso fanden wir uns beide nicht mehr zu- recht? Merkwürdig und äußerst beängstigend.

Allmählich drängte die Zeit. Wir wussten beide genau, dass wir um 15 Uhr im Gericht sein sollten. Jetzt war es halb drei. „Besser, wir gehen direkt zum Gericht", meinte ich schließlich, „es ist nicht so wichtig, wie wir aussehen. Hauptsache, wir kommen pünktlich." „Guter Entschluss", bestätigte mein Mann, der es sowieso unnötig fand, sich umzuziehen.

Wie kamen wir zum Gericht? Wie hieß die Strasse, wo sich das Gebäude befand? Ein Taxi war auch nicht zu sehen, kein Mensch, den man fragen konnte. Wir hatten keine Ahnung, wo wir waren. Ziellos irrten wir weiter. Ein einziges Wort hämmerte in meinem Kopf, *Alzheimer*. Gab es einen akuten Alzheimer? Dann noch bei zwei Leuten gleichzeitig? Ich hatte wohl laut gedacht, denn mein Mann sagte brüsk: „Quatsch!"

Wir standen vor einer großen, grauen Villa. „Ist es das?" fragte ich. „Weiß nicht", gab er ungeduldig zurück. „Lass uns reingehen!"

Wir betraten eine große Eingangshalle mit breiter Doppeltreppe. War es das Gericht? Ich konnte mich nicht erinnern, jemals hier ge- wesen zu sein. Wir stiegen die Treppe hinauf. Oben sah es eher pri- vat aus. Eine Truhe stand auf dem Absatz mit einer Schale darauf, in der ein Brieföffner lag. Daneben ein Ständer mit einem Kugel- schreiber. „Falsch", sagte mein Mann und eilte die Treppe hinunter.

„Was machen Sie da?" herrschte mich eine Frauenstimme an. „Ich – ich", stotterte ich und bemerkte, dass ich in Gedanken mit dem Brieföffner spielte, „wir suchen" – oh Gott, was suchten wir nur? – Es war grau vor meinen Augen. Ich war nicht blind, manches sah ich sogar überdeutlich, aber anderes nur wie Nebel. „Verlassen Sie sofort unser Haus!"

Ich legte den Brieföffner zurück und schlich wie ein Dieb aus dem Haus. Vor der Tür packte mich Panik. Mein Mann war ver- schwunden. Wo war er lang gegangen? Er war weit und breit nicht zu sehen. Ich lief nach links. Die Straße machte schließlich eine

Biegung. Eine breite Bauhalde öffnete sich. Davor rangierte ein riesiger Lastwagen mit Anhänger. Ich überlegte kurz, ob ich unter dem Wagen durchschlüpfen konnte, die Räder waren so schön hoch. Ich brauchte mich kaum zu bücken. – Ein Rest Vernunft hielt mich zurück. Ich ging hinter dem Anhänger auf die matschige, dunkelbraune Baustelle, erklomm einen Sandberg und hoffte, von oben mehr Übersicht zu haben.

„Wo komm ich hier hin?" fragte ich schließlich einen Bauarbeiter. Der bedeutete seinem Kollegen mit dem Zeigefinger – die Alte ist ja plemplem – und zog mich den Hügel hinunter. „Nirgendwo hin, hier is jesperrt, k a p i e r t?"

Zurück auf dem Weg stürzte ich in die andere Richtung. Meine Schuhe und Hosenbeine waren voller Matsch. Ich biss mir verzweifelt auf die Lippen.

Endlich öffnete sich ein breiter Platz vor meinen Augen. Wo war ich nur? War das überhaupt unsere Stadt? Und, wenn es nicht unsere Stadt war, wie kam ich hierher? Das große Gebäude sah aus wie die Universität von Münster. Aber wir lebten doch bei Hamburg. Ich ging auf das Gebäude zu. Plötzlich befand ich mich in einem überdachten Gang. Das konnte das Messegelände von Düsseldorf sein. Ein Mann holte mich ein und fragte: „Meinen Sie, dass Professor Derksen Recht hat mit seiner Theorie der *wahrscheinlichen Schallverteilung im watteleeren Raum?*" Jedenfalls verstand ich so etwas Ähnliches. „Ich kann dazu nichts sagen", stammelte ich hilflos, hielt aber tapfer mit ihm Schritt, froh, nicht mehr alleine zu sein und landete in einem Hörsaal. Erschöpft ließ ich mich auf einem freien Platz nieder. An der Wandtafel kringelten sich Hieroglyphen oder mathematische Formeln oder was auch immer. Tränen liefen meine Wangen hinunter.

Meine Uhr zeigte 6 Uhr 30. Ich stützte den Kopf in meine Hände, hielt mir die Ohren zu und schlief ein.

Als die Klingel schrillte, schreckte ich hoch. Wo wollte ich noch mal hin? Nach Hause! Wo war mein zu Hause? Wie hieß die Strasse bloß, welche Hausnummer? Der Kopf war leer. Endlich dämmerte ein Straßenname auf: Kellerstraße 10. Nein, das stimmte nicht, das war unsere alte Adresse in Hamburg. Wagendornallee! Unsinn, das war noch früher bei meinen Eltern. Ich stemmte mich hoch. Wo war der Hörsaal?

Ich saß nicht, ich lag. Neben mir machte mein Mann Anstalten, sich aus dem Bett zu wälzen. „Musst du heute gar nicht arbeiten?" neckte er mich, denn sonst springe ich immer als erste um 6 Uhr 30 aus dem Bett.

„Gibt es eine *kommunale globale Amnesie*?" fragte ich.

„Eine w a s, bitte?" -----

„Ach, schon gut!" --------

Februar 2005

Gesundheitsreform XXL
Oder: The same procedure as every year!

Es ist der 2. Januar, da wird es mal wieder Zeit zu meinem Hausarzt zu gehen, Pillen aufschreiben zu lassen. Einmal im Quartal lass ich mich bei ihm blicken. Das ist immer sehr nett. Ich weiß eigentlich gar nicht, wer wen konsultiert. Wir klönen immer angeregt, er misst meinen Blutdruck, was ich auch alleine könnte, manchmal lass ich die Mädchen noch den Blutzucker bestimmen und natürlich den Cholesterinwert. Na ja, ich esse halt gern, bin nicht gerade schlank, und da ist alles so ein bisschen hoch bei mir. Dafür brauche ich ja auch die Tabletten.

Der Doktor – ich kenne ihn sicher 20 Jahre – will mir dann immer diese Billigdinger aufschreiben, diese Generica oder wie das heißt. Da gibt es jedes Mal so ein Gezanke drum, aber, wenn ich dann den Finger hebe und scherzhaft drohe: „Doktor, nicht bei mir, so einem alten Kunden!" dann wird er immer weich und gibt mir `ne Probepackung von irgend so einem Teufelszeug mit, was ich natürlich nicht nehme, und murmelt vor sich hin: „Herr Hamster, Herr Hamster, Sie bringen mich noch mal ins Grab oder in den Schuldturm!" „In Ersteres kommen wir alle mal," kontere ich, und dann können wir uns vor Lachen nicht halten. Ich tröste ihn dann, denn ich weiß ja, dass er drei Kinder im Studium hat. So leicht ist das alles nicht.

Na, wenn es danach geht, als Frührentner wie ich mit 57 – zugegeben, damals noch mit `ner ordentlichen Abfindung von meiner Firma – muss man auch rechnen, besonders, da sie jetzt die kleinen Nebenjobs so auf dem Kieker haben. Na, sagen Sie selber, mit 57 könnten Sie doch auch nicht Däumchen drehen. Jetzt macht die Arbeit erst richtig Spaß: Dachausbauten, Fliesen legen, Plattenwege begradigen! Und alles bar auf die Kralle. Ich kann alles. So einen braucht man. Ich bin 60 % schwer behindert wegen meinem Rücken und Kreislauf, da finde ich keine normale Stelle mehr.

Der Doktor tut mir richtig leid, ist ganz schön dumm, rackert sich ab, schlägt sich die Nächte um die Ohren. Er hat mir mal erzählt, was er für einen Hausbesuch bekommt. 25 Euro oder so ähnlich, und ein paar Zerquetschte für irgendwelche Nebenleistungen.

„Doktorchen", habe ich gesagt, „wie lange wollen Sie das noch machen, sind doch auch an die 60. Machen Sie doch in **Wellness**, so mit Beratung und **Ernährung** und **Füße kraulen**, und die **hübschen, reichen Damen massieren**." „Aber Herr Hamster", hat er erwidert, „ich habe doch meine ethischen Vorstellungen, meine Ideale u.s.w." „und den **Hippokrates**", werfe ich ein. „Ja, den auch!"

Also, wie gesagt, der erste Praxisbesuch im Quartal steht an. Schon vor 8 Uhr bin ich dort, bin Frühaufsteher. Wie das jetzt wohl mit den **10 Euro** wird? Sinniere ich. Na. So einem treuen Patienten wie mir wird man die ja wohl nicht abverlangen. Das wäre ja noch schöner. Für die Mädchen nehme ich außerdem ja noch einen Pralinenkasten mit, nein, ich lasse mich nicht lumpen!

Als ich an die Praxistür komme, traue ich meinen Augen nicht. Ist doch die Tür ersetzt durch so eine Art **Parkscheinautomat** mit Schlitz für Münzen oder EC-Karte.

Das glaube ich einfach nicht:

„Lieber Patient", entziffere ich im Display, „Sie können die fällige sog. Praxisgebühr von 10 Euro bar in den Münz- bzw. Geld-schlitz stecken oder, noch einfacher – von Ihrer EC-Karte abbuchen lassen. Nach Entrichtung der Gebühr erhalten Sie eine Quittung, und die Tür öffnet sich automatisch. Bei den folgenden Besuchen im Quartal stecken Sie einfach die Quittung in den vorgesehenen Schlitz.

Sollten Sie den Versuch machen, aus Wut oder sonstigen niederen Beweggründen, die Tür gewaltsam aufzubrechen, wird ein Alarm ausgelöst und die Videoüberwachung springt an."

Ich bin wie vom Blitz getroffen. Hinter mir hat sich eine Menschentraube gebildet und die Brillen gezückt. Mehrere alte Mütterchen jammern fröstelnd: „Was wird denn nur? Wie geht das denn, oh weh, oh weh!"

Na warte, denke ich mir, so leicht kommst Du mir nicht davon, Doktorchen! Wir sind doch nicht die Melkkühe der Nation damit der

Doktor seinen verwöhnten Nachwuchs studieren lassen kann, sich ein schniekes Auto kauft und `ne Villa dazu. Und unsereiner muss trotz seiner Schwerbehinderung noch arbeiten, weil die Rente hinten und vorne nicht stimmt. Bei **1500** Patienten im Quartal sind das mal locker **15000 Euro,**

ganz schönes Zubrot, Herr **Weißkittel!**

Ich habe einen Entschluss gefasst. Irgendeiner muss ja die Initiative ergreifen.

„Stellt Euch dicht hinter mir auf!" inzwischen sind etwa 10 ratlose Patienten da, „wir sammeln 10 Euro ein, also von jedem 1, werfen sie in den Schlitz **! Simsalabim!** Die Tür öffnet sich, wir stürmen alle auf einmal hinein und machen eine saftige **Patienten-Demo.**"

Hurra, wir haben die Tür überlistet. Alle quellen wir gemeinsam in den Flur und formieren uns vor den verdutzten Helferinnen.

Ein großes Plakat mit einem **10 Euro- Schein** springt mir in die Augen.

Krankenkassen-Gebühr nicht **Praxis-Gebühr,**

lese ich bestürzt,

Wir Kassenärzte sind leider vom Gesetzgeber verpflichtet, für die Krankenkassen die Quartalsgebühr von 10 Euro einzukassieren.

Die kassenärztliche Vereinigung.

Oh, ist mir das peinlich. Ich möchte mich im Mauseloch verkriechen. Gerade will ich mich verdrücken, da kommt mein Doktor breitschultrig, die Hände in seinen weißen Hosentaschen, mächtig grinsend herbei: „Na, Herr Hamster, richtig schön reingefallen, kleiner Scherz als Beitrag zur Gesundheitsreform und zur Dezimierung der teuren Gesundheitskosten. Die Tür geht einfach wie immer auf, der **Automat** – nur eine Attrappe und Lachen ist ja bekanntlich die beste und billigste Medizin!" Damit gibt er uns die einzelnen Euro zurück. „So billig kommen Sie mir nicht davon, die Arzthelferinnen haben die Arbeit damit!"

Mein Doktor ist schon der Beste. Nach meiner Behandlung laufe ich schnell in einen Spielzeugladen und kaufe eine kleine Spielzeugpistole für die arme Helferin, welche die Penunzen zur Bank bringen muss. Ist schließlich nicht ganz ungefährlich in der heutigen Zeit.

In der Mittagszeit sehe ich den Doktor bei unseren alten Nachbarn ins Haus gehen. Neben seinem schweren Arztkoffer hat er noch so eine altmodische Schaffner-Geldtasche umhängen – Sie wissen schon, so mit Wechselgeld fein säuberlich geordnet nach Einern und Zweiern und Fünfzigern, falls einer die 10 Euro nicht passend hat – und natürlich den Chipkartenleser und das Handy mit Freisprechanlage für die Notfälle.

Ich schaue ihm bedauernd nach. Da dreht er sich lachend um: „Hält mich körperlich fit, spart das Joggen und den Beitrag für das Fitness-Studio!"

In der Nacht habe ich einen Traum. Die nette, junge Arzthelferin, der ich immer die Pralinen zustecke, sitzt vor einem riesigen Berg **10-Euroscheinen** und zählt und zählt und trägt ins Kassenbuch ein, und kontrolliert noch mal, fängt wieder von vorne an und schleppt schließlich eine Art Knecht-Ruprecht-Sack zur Bank, eskortiert von zwei Bodyguards. Auf der Bank herrscht heilloses Durcheinander. Seit mehreren Tagen ist kein einziger 10-Euro-Schein mehr zu finden gewesen. Klar, sind alle in den Praxen verschwunden. Nicht nur hier in unserer Kleinstadt, nein Deutschland weit.

28.01.2004

Glosse anlässlich der Einführung der Krankenkassen-Gebühr

Mit einem Schlag

„Besoffenes Schwein!"
schreit wütend der Mann,
der soeben dem Tode entronnen
durch einen beherzten Seitensprung,
aber mitten hinein in die Pfütze.
„Das sollst Du mir büßen!"
schreit er erbost,
„der Mantel ist hin!"
und er wischt und zetert
und droht mit der Faust.
Es kracht und splittert,
das Auto steht,
gebremst von der alten Eiche.
Die Hupe heult,
der Motor stockt,
die Vorderräder dreh`n in der Luft,
und das Hinterteil hakt fest am Kantstein.

Die Menschen gaffen,
stumm vor Schreck,
und vor Wut schreit noch immer der Mann,
der durch Glück dem Tode entronnen.
Die Hupe heult, aber keiner hilft,
wie gelähmt steht die Menge
und g l o t z t---!

Ein Fenster geht auf:
„Was ist denn hier los,
so ein Lärm um die Mittagszeit!"
Die Polizei, wo bleibt sie denn nur?
Bisher hat sie keiner gerufen.

Die Fahrertür klemmt,
die Hupe heult,
ein Helfer in Uniform,
er schafft es endlich
und öffnet den Schrott.
Der Kopf liegt schwer auf dem Steuer.
Der Speichel läuft,
der Fahrer lallt.
„Zieht es raus, das besoffene Schwein!"
Man reißt und zerrt,
die Hupe schweigt.
Der Mann sinkt schwer vor die Füße
der Gaffer und Helfer.
Er stöhnt und ächzt
und versucht frustran,
verständliche Laute zu formen.
Man hebt ihn hoch,
er kann nicht steh`n,
die rechte Seite hängt.
Der Speichel fließt
auf Krawatte und Hemd,
auf den dunklen Anzug aus Tuch.

Um die fünfzig der Mann,
ein Suffkopf wohl kaum.
„Der Schlag hat den armen Mann gerührt",
erfasst eine Frau das Geschehen.
Ein Krankenwagen!
Jetzt geht alles schnell!
Aber Stroke-unit gab es damals selbst nicht
in der Großstadt, vor fünfzig Jahren.

Der junge Arzt wiegt bedenklich den Kopf,
er kann für den Kranken nichts tun.
„Eine Nacht bleibt er hier,
wir werden seh`n,
und was kommt, das kommt."
Das Meiste bleibt, die Lähmung der Sprache und Glieder.

Am nächsten Tag
bringt den Vater man heim,
auf der Trage, der Sohn holt ihn ab.
Und die Mutter schweigt,
und die Tochter weint.
Eine kleine Welt ist zerstört.

Der gestandene Mann
lernt schwer wieder geh`n,
aber sprechen lernt er nie mehr,
und sprachlos lebt er noch sechzehn Jahr,
der halbierte, gebrochene Mann.

November 2004

Schmerz I
(Bin gut drauf)

Ich lieg im Bett und drehe mich um,
der Schmerz ist da, um die Lende herum
und in den Hüften, beim leisesten Dreh
tun Schultern und Arme, selbst Füße mir weh.
Der Schmerz grinst mich an mit frechem Gesicht,
ich flehe ihn an: „Ach heut bitte nicht!
Ich bin nicht zu Scherzen aufgelegt!"
Doch er bohrt und quält, denn ich hab mich bewegt.
Ich kuschel mich in die Decke warm,
Freund Schlaf wiegt mich ein in seinem Arm.
So geht das nun schon die ganze Nacht,
kaum schlaf ich ein, der Schmerz mich bewacht.
Am Morgen reck ich die steifen Glieder,
dusch warm und lang, denk, **wird schon wieder.**

An meinen Füßen zehn Kilo Blei,
und die Finger in Lehm, - **ach, das geht schon vorbei** -
denk ich mir und mache Gymnastik vor `m Spiegel,
doch der Schmerz piekt weiter, spitz wie ein Igel.
Ich steck ihm vor `m Spiegel die Zunge raus,
er schießt mir in `n Rücken und lacht mich aus.
Ich schlucke brav Calcium und Teufelskralle
und habe fast schon eine Packung alle.
Ich würde zerstoßene Chili essen,
könnte ich dadurch den Schmerz vergessen.

Ich ziehe mir ganz etwas Helles an,
weil ich mich in Dunkel nicht leiden kann.

Dann nehm´ ich die Jessy, unseren Hund,
die freut sich sehr und ist immer gesund.
Im Trippelschritt versuch ich, mich einzugehen,
und Gott sei Dank bleibt Jessy oft stehen,
und um sie besonders zu beglücken,
muss ich mich zudem auch nach Stöckchen bücken.

Da werden geschmeidiger meine Glieder.

„Na siehste," denk ich, und *„wird schon wieder!"*

März 2004

Schmerz II
(Nicht gut drauf)

Ich wache auf und der Schmerz ist da,
er bohrt und quält mich im Rücken,
in den Armen, den Händen, den Füßen und Hüften,
nur den Kopf lässt er frei,
dass ich denken kann
und noch mehr fühlen den grausamen Feind.

Alle Ratschläge habe ich schon befolgt,
mach Gymnastik mit und ohne Gerät,
wage kaum noch längere Zeit zu sitzen,
les, im Zimmer gehend, üb, stehend am Pult,
mach bei mir selber Akupressur,
lass Shiatsu über mich ergehen,
schluck pflanzliche Pillen und Vitamin D.

Auch Schmerzmittel nehm ich, sie helfen gut,
doch schaden sie meinen Gedärmen.
Der rumorende Bauch verdirbt mir den Spaß,
auch den Kaffee dazu, und den liebe ich sehr,
und ein Laster braucht nun mal jeder.

Der Schmerz klebt an mir wie 10 Kilo Blei,
an meinen Fingern hängt Teig
in zähen Fetzen wie bei Schnecken der Schleim,
und wie eine Schnecke auch kriech ich.

Jetzt mal ich den Schmerz in meinen Gedanken
grell-lila-schwarz-rot und giftig grün
und brülle ihn an: „Lass mich endlich zufrieden!"
*Doch er grinst bös zurück wie das Bild **der Schrei**.*
Angst befällt mich, in den Spiegel zu blicken.
Ich quäl mich ins Bad mit dem Mut der Verzweiflung
und fürchte den Wandel in meinem Gesicht
durch die chronische Qual
und denke für mich:
*„Blickt **der Schrei von Munch** mich statt meiner an,*
dann schrei ich mein Leben aus mir heraus,
dann kann ich nicht mehr an mich halten,
dann will ich nicht mehr, dann ist es vorbei."

Zögernd heb ich den Kopf und blick in den Spiegel,
schau in mein gewohntes Lachfaltengesicht,
und ganz in der Ferne im Hintergrund
*glotzt blöde, stumpf der **Schmerzensschrei**.*

Ich ziehe Grimassen, grins zynisch zurück,
und der hässliche Spuk ist zu Ende.

März 2004

Angst

„Ich habe Angst in der Menschenmenge
und ebenso in der Fahrstuhlenge,
ich fürchte mich, in den Wald zu geh`n
und noch mehr auf einer Brücke zu steh`n.
Vor allem Fremden wird mir bang,
ich geh` nicht mal mehr ins Restaurant.
Natürlich wag ich nicht einzuschlafen,
Gott könnte mich mit dem Tode bestrafen.
Ich wage Niemandem Liebe zu schenken
oder Lieb zu empfangen – nicht dran zu denken.
Ich fürchte mich vor dem Herzeleid,
derweil fühl ich, wie verrinnt die Zeit.
Ich wage mich nicht mehr ins Büro.
Am sichersten fühl ich mich noch auf dem Klo.
Die Panik erfasst mich im Verkehr,
mit schrecklicher Angst nur kam ich her.
Wenn ich dran denke an das Leben,
dann fang ich zu zittern an und zu beben.
Ich fürcht mich sogar vor den Folgen vom Wein.
Oh Gott, hab ich Angst! – Ich bin so allein!
Ach, lieber Doktor, helfen Sie mir!“

„Schon jut, wa trinken erstmal een Bier!
Denn eenet an Ihrer Krankheit is jut:
Sich umzubringen, fehlt Ihnen der Mut!“
So bekam ohne Pillen und Medizin
der Arzt den Angsthasen wieder hin.

November 2004

Depression

Es ist Mitternacht!
Die alte Frau steht hilflos vorm Schrank,
trippelt hin und her,
wankt auf und ab
auf dünnen Beinen
in zu großen Pantoffeln,
in Unterhose und Trägerhemd,
die strähnigen Haare ungleich gefärbt.
Sie ringt die Hände
und streicht über knochige Rippen.
Die Tochter kommt näher,
„was murmelt sie nur?"
Sie will es besser verstehn.
Doch die Alte stößt weg sie
heftig mit Kraft,
schiebt die Kleider im Schrank auseinander.
„Lass mich, ich habe nichts anzuziehn",
bricht es aus hier heraus.-----
Und der Schrank hängt voll.

Es ist Mittagszeit!
Sie sitzt am Tisch,
auf die Hände gestützt
der mutlos hängende Kopf,
senkrechte Falten um den traurigen Mund
und die Lider kraftlos geschlossen.

Die fröhlichen Kinder toben herein,
werfen lachend sich auf die Plätze.
Die Löffel schaben,
man neckt sich und scherzt,
dann hält man erschrocken inne.
Das Jüngste stupst freundlich die alte Gestalt:
„Warum isst du nicht, Oma, warum?"
Das Lachen verstummt,
alle blicken sie an.-----
Ihr Teller ist dampfend voll!

Es ist Dämmerung!
Ein Schatten sitzt
zusammengekauert am Bett.
Ein Knopf fehlt am Hemd.
Es liegt auf dem Schoß,
die Nadel mit Faden hängt sinnlos herab,
der Knopf ist der Hand schon entglitten.
Die Tür schwingt auf:
„Na, mach dir doch Licht!"
ruft die junge Männerstimme.
Der Schatten fährt hoch wie aufgestört,
sackt zurück in den Sessel.----
Die traurige Dunkelheit bleibt!

Der Abend kommt!
Gemütlich wird's
voll angespannter Erwartung.
Alle sitzen zusammen und freuen sich schon
auf den mehrfach gesehenen Film.
Im Voraus ruft man sich Szenen herauf,
die man kennt und besonders liebt.
Nur die Gestalt sitzt trübe dabei,
blickt mit glasigen Augen starr vor sich hin:
„Ich kann nicht, ich will nicht, was mach ich denn nur?
Wie soll es nur weitergehn?"
Der Film flimmert fröhlich,
Musik unterlegt,
man klatscht vergnügt in die Hände.
Die Gestalt bricht zusammen
und stöhnt gequält:
„Was hab ich nur alles falsch gemacht,
hab versagt im ganzen Leben!"
Entsetzt starrt der Enkel die Oma an,
das Lachen bleibt im Halse ihm stecken:
„Du hast doch uns, hast du uns denn nicht lieb?"
Doch die Worte erreichen sie nicht!---

März 2004

Endlich.....?

„Und nun, Frau D., es ist gleich acht!
Ich wünsche Ihnen gute Nacht!"
So spricht die Schwester mitleidsvoll
und schreibt derweil ins Protokoll:

Gebiss in Kukident gelegt,
die Haut mit Eucerin gepflegt.
Der Zucker war heut ziemlich hoch,
ich fürcht`, Frau D., die nascht wohl doch.
Der Doktor sollte nach ihr schauen,
ich denk, man kann ihr nicht mehr trauen,
die Pillen richtig einzuteilen,
doch ich kann länger nicht verweilen.
Ansonsten klagte sie wie immer,
es sei nicht besser, eher schlimmer!

Die Schwester macht nach langem Tag
nun endlich, was sie selber mag.

Im Nachthemd sitzt die alte Frau
und sieht sich an die Tagesschau.
In Bombenhagel und Raketen
sieht man verlass`ne Mütter beten.
Die Menschen fliehen, – doch wohin?
Was hat das alles für `nen Sinn?
Ein ganzes Land versinkt in Fluten.
Politiker – sind das die Guten –
beschwichtigen und tun sehr weise.
Frau D. stellt das Gerät jetzt leise

und schlägt vor das Gesicht die Hände.
– Wann hat dies alles nur ein Ende – ?

Frau D. kriecht mühevoll zu Bett,
nimmt sich das Wasser vom Tablett
und eine ganze handvoll Pillen,
die sie gehortet hat im stillen
Eckchen ihrer Nachttischlade.

„Leb wohl, du Welt, es ist nicht schade
um dich, wenn man ist so allein
mit allem Elend, aller Pein.“

Ein Lächeln liegt auf ihren Wangen:
„Wird mich der Herrgott wohl empfangen?“

Die Nachtschwester hat unterdessen
noch eine Kleinigkeit vergessen
und kommt noch mal ins Haus zurück.

Ist das nun für Frau D. ein Glück?

November 2004

Unendlich---?

Frau F., schon krank seit sechzig Jahren,
will von dem Hausarzt stets erfahren:
„Wie lange, Doktor, leb ich noch?"
Matt nickt der Doktor und sagt: „Ooch
Frau F., Sie leben schon so lange,
um Sie, da ist mir gar nicht bange.
Sie sind gesund, wie `n Fisch im Wasser!"
Da wird Frau F. ein wenig blasser:
„Ach Gott, Herr Doktor, sehn Sie nur,
mein Herz ist alt,
die Hände kalt!"
„Das ist nun mal Ihre Natur!
Ihr Sternbild, sagten Sie, ist Fisch.
Und nun ist gut, ich will zu Tisch!"

Frau F. zieht etwas schmollend ab.
Sie hält die Praxis stets in Trab:
„Ich brauch mal wieder `nen Termin,
denn was ist mit **Cholesterin?**"
„Das schauen wir dann andermal,
vielleicht im nächsten Herbstquartal!"
So meint die Praxisassistentin
mit einem Zwinkern zur Patientin.

Frau F., so Anfang-Mitte Achtzig
mit Lippenstift und Puder macht sich
so auf die Siebzig nun zurecht,
das Haar noch voll und ziemlich echt.

Sie geht zu einem Spezialisten.
Als ob die das wohl besser wüssten.

„Ach lieber Doktor, ich bin alt,
mein Herz ist schlaff, die Hände kalt.
Ich muss nun sicherlich bald sterben,
will es nur wissen für die Erben!"
So spricht die Dame, sehr kokett.
Da wird der Doktor richtig nett.
Der Herr Professor, echter Wiener,
der küsst die Hand ihr, der Schlawiner.
„Ach Gnädigste, so fesch wie Sie,
Sie sterben lang nicht, oder nie!
Vitalzellkur, das tät`Ihn gut,
das gäb`Ihn Kraft und neuen Mut!"

Die Alte nimmt recht gerne an,
dass ihr was Gutes wird getan.
Es tut ihr auch nicht leid ums Geld,
zumal ihr eigentlich nichts fehlt.

Es wird nicht besser, auch nicht schlimmer,
es geht ihr gut, genau wie immer.

Frau F., die merkt`s und geht zum Glück
zu ihrem Hausarzt bald zurück.
„Ach Doktorchen, wann sterbe ich?"
„Ooch, gute Frau, det wees ick nich!"
so spricht der Doktor aus Berlin
und ist da wirklich ehrlich drin.

„Sie bleiben uns noch lang erhalten,
Sie zählen nicht zu unsern Alten!"

Der Praxistag war ziemlich lang,
der Doktor guckt verstohlen, bang
auf seine Uhr, die nun bald zehn.
Wann wird die Alte endlich gehn?
Erschöpft lässt er die Arme sinken:
„Ick denke, ick jeh jetzt Ein trinken,
denn sonst tret ick noch vor Ihn` ab.
Die Fragerei bringt mich int Grab`."

November 2004

Versuch ---ung

Es sagt die Frau zu ihrem Mann:
„Nun, lieber Wilhelm, fang mal an!
Du kannst nicht nur als Rentner ruh'n,
du musst was für die Fitness tun!"

Der Mann, zeitlebens unterdrückt,
von der Idee nicht sehr beglückt,
gehorsam geht zum Sportverein
und trägt sich dort zur Probe ein.

Beim Anblick der Geräte bange,
steht er am Eingang ziemlich lange,
beobachtet das Rentnertreiben
und denkt: „Ich lass es lieber bleiben!"

Da kommt nun biegsam, gertenschlank
die junge Trainerin entlang.
Sie sieht den Wilhelm schwankend steh'n.
„Nur keine Angst, es wird schon geh'n",
so spricht sibyllisch die Sirene
und schüttelt ihre Lockenmähne.

Das lässt er sich nicht zweimal sagen,
wenn man so'n hübsches Ding kann fragen,
dann will man sich doch gerne quälen
und sich den Body lassen stählen.

Der Mann will zimperlich nicht sein
und hängt sich in den Klimmzug rein.
Der Brustkorb, emphysemgebläht,
nicht stolzgeschwellt
nach oben schnellt---!
Es ist zu spät---!
Die Knochen, ziemlich calciumfrei,
sie knacken leis`, --- und jetzt, ein Schrei
entringt sich der gequälten Brust:
„Mensch, Wilma, ich hab`s doch gewusst!
Der Sport ist wirklich nichts für mich,
ich mach` mich doch nicht lächerlich!"

Geknickt in Rücken, Seele, Bein
schleppt sich der arme Mann jetzt heim.
Und von der Frau hört er, der Starken:
„Denn geh` du man den Garten harken!"

November 2004

Pisafolgen

Zum Doktor kommt die kleine Lisa,
die Miene ernst, den Kopf gesenkt.
„Was hat sie nur?" der Hausarzt denkt
und schaut sie freundlich fragend an,
damit sie sich ihm öffnen kann.
Sie war sonst fröhlich, frei, gesund
und plapperte aus Herzensgrund.
Sie schluchzt hervor: „Es liegt an **P I S A**,
ich darf nicht mehr zum Spielen gehn,
nicht **Pipi** in der Glotze sehn.
Der Lehrer sagt, wir seien zu dumm
und spielten am Computer rum.
Ich darf zum Sport nicht, nicht zum Reiten,
mich kaum mehr mit dem Bruder streiten.
Kann ich nicht lauter Zweien zeigen,
darf ich nicht einmal mehr zum Geigen.
Kaum darf ich mit `ner Freundin spielen,
auf `s **Abi** soll nur alles zielen.
Es möchte kein Hund so länger leben!
Drum hab ich mich hierher begeben."

Was ihm das Kind da anvertraut,
den Doktor gar nicht sehr erbaut.
Der Hausarzt, ein patenter Mann,
sieht Lisa ganz verschmitzt nun an:

„Lass mich nur machen, liebes Kind,
ich denke schon, dass ich was find."
Zwar ist verschüttet sein Latein,
doch fällt ihm dieser Spruch noch ein:
„Mens sana ....", *denkt er und so weiter ....*
und wird dabei zunehmend heiter.
Er schreibt geschwind auf ein Papier:
Hiermit Patient, verordne ich Dir,
die 35-Stunden-Woche
und Schularbeiten eingeschlossen.
„Auf dieses Grundrecht, Lisa, poche!
Auch Deine Eltern hab `n genossen,
und glaube mir, sie tun es noch,
die freie Zeit ihr Leben lang,
um PISA sei Dir man nicht bang.

Du bist so gut, wie man sein kann.

Du bist viel wert, da denke dran!"

Dezember 2004

91

Überarbeitet

Manchmal hat auch ein Doktor Frust
und beim letzten Patienten partout keine Lust.
Trotzdem ließ Dr. X. sich stören,
doch er konnte den Blutdruck einfach nicht hören.
Er nahm ein anderes Stethoskop.
Auch nichts! – so schätzte er denn grob
den Blutdruck mit dem Zeigefinger:
„Sie taugen nichts, die neuen Dinger!"
Jedoch der Arzt war plötzlich taub,
ging zum Kollegen, sagt: „Ich glaub,
ich hab Cerumen wohl im Ohr."
„Nee, nee, das kommt Ihn` nur so vor,
Gehörgang, Tuben, alles frei!
Mit Schuften ist`s erstmal vorbei.
Das Ohr lässt sich nicht mehr betören,
es will ganz einfach nicht mehr hören.
Ein **Hörsturz** ist`s , und zwar ein schlimmer.
Ich hoff` für Sie, dass nicht für immer
Sie nun nichts hören können sollen.
Doch, wenn Sie meine Meinung wollen,
dann gönnen Sie sich Zeit und Ruh
und machen beide Ohren zu."

Der Arzt gehorcht nicht, sagt: „Ich muss!"
Nun hat er ihn, den **T i n n i t u s!**

2004

Geschenkte Zeit

Lebensqualität, dieses moderne Wort ist in aller Munde, in Talkshows wird darüber diskutiert, Mediziner versuchen, den Begriff zu definieren und zu katalogisieren. Letztlich kann das nicht gelingen, weil *Lebensqualität* etwas Subjektives ist. Für jeden wird es etwas anderes bedeuten.

Wie oft hört man junge, gesunde Menschen sagen: „Wenn ich diese oder jene Krankheit bekäme, würde ich nicht mehr leben wollen!" Jeder hat schon selbst so gedacht. Erkrankt man dann tatsächlich, wird man alles daran setzen zu gesunden, oder wenigstens halbwegs wieder zu genesen. Jeder, der einen schweren Unfall erlitten hat, wird sich durch die anstrengenden Reha-Maßnahmen quälen, um ein paar Schritte an Stützen laufen zu können. Ein Taubblinder wird seinen winzigen Sehrest im Zentrum seiner Netzhaut hüten und glücklich sein über die Großbuchstaben in seinem Lesegerät, die er noch entziffern kann. Ein Todgeweihter wird natürlich mit Gott und seinem Schicksal hadern – und dennoch – überredet ihn ein Freund zu einer Spazierfahrt mit dem Rollstuhl durch den Park bei sonnigem Wetter, so wird er in vollen Zügen den Duft der Blumen und Bäume einatmen und für Momente glücklich sein.

Das Wort *Sterbequalität* gibt es meines Wissens nicht, den Begriff aber wohl: *Würdiges Sterben, Sterben in Würde!* Professionell befassen sich damit die Hospizbewegungen, die zunehmend Aufmerksamkeit in der Öffentlichkeit erlangen, und natürlich die medizinischen Berufe.

Intuitiv schlicht gelebte Sterbebegleitung gibt es aber viel länger. Sie gibt es in allen Ländern, allen Bevölkerungsschichten, allen Altersgruppen. Im günstigen Fall sind es Familienangehörige, die dem Sterbenden in seinen letzten Tagen beistehen, aber auch Nachbarn, Freunde, selbst kleine Kinder und sogar Tiere, die nicht von der Seite weichen.

Mit *geschenkter Zeit* meine ich sowohl die von Gott – oder sagen wir es neutraler – vom Schicksal gewährte letzte Lebenszeit, als auch die Zeit, die Angehörige, Freunde, ehrenamtliche Helfer dem Kranken widmen.

Beispiele aus dem hausärztlichen Alltag

Die Abendsprechstunde nähert sich dem Ende. Ich schaue auf die Uhr. Halb acht! Das geht ja. Vielleicht schaffe ich sogar die Tagesschau, wenn ich die Befundberichte zur Durchsicht mit nach Hause nehme.

Als letzte Patientin betritt eine auffallend gepflegte, apart aussehende Dame um die Vierzig mein Sprechzimmer. Ich kenne sie noch nicht, aber sie ist mir auf Anhieb sympathisch. Beim Hinsetzen streicht sie sorgfältig ihren engen Rock glatt, entschuldigt sich ein wenig verlegen für die späte Störung, und dass sie sich nicht vorher angemeldet habe. Es sei erst jetzt so schlimm geworden. Sie habe gar nicht kommen wollen, aber ihre Familie habe sie gedrängt.

„Schon gut, ist doch meine Aufgabe", sage ich aufmunternd. Ich brauche nicht zu fragen, was ihr fehlt. Ich sehe ihr fleckig-gerötetes Gesicht, bemerke ihren schweren Atem. „Sie sind krank, Sie brauchen sich nicht zu entschuldigen." „Ach, ich wollte nur etwas gegen den harten Husten haben, Hustensaft am besten. Tabletten kann ich so schlecht schlucken." „Ich werde Sie erst einmal untersuchen, Sie haben Fieber, sehen mitgenommen aus. Wie lange geht das schon?" „Erst ein paar Tage. Ist wirklich nicht so schlimm. Nur etwas zum Lösen!"

Ich bitte sie, sich freizumachen, damit ich sie abhorchen kann. Sie wehrt ab: „Frau Doktor, es ist doch schon spät. Sie müssen doch auch mal Feierabend haben." Ich bin irritiert. Sie wirkt ängstlich. Was fürchtet sie? Nun muss ich sie erst recht untersuchen. Ich nehme mein Stethoskop und bedeute ihr, den Pullover auszuziehen, aber sie schlingt ihre Arme um sich und hält den Pullover fest.

„Frau S. so geht das nicht. Was fürchten Sie?" Mit einem Blick auf die noch neue Karteikarte, auf welche die Helferinnen ein paar Daten zur Person eingetragen haben, erkenne ich, dass sie fünfundvierzig Jahre alt und verheiratet ist und zwei Kinder hat. „Sie haben doch Kinder, Sie brauchen sich doch vor mir nicht zu schämen", versuche ich zu scherzen. Schließlich gewährt sie mir, mein Stethoskop vorsichtig unter dem Pullover als Blickschutz aufzusetzen und atmet jetzt gehorsam ein und aus. Auf der linken Seite höre ich eindeutig Rasselgeräusche wie bei einer Lungenentzündung, sehr ausgedehnt, wenn ich mich nicht täusche, die ganze Lungenhälfte betreffend. Aber das ist es nicht, was mich so erschreckt, bei dem kranken Aussehen der Patientin hatte ich so etwas erwartet. Nein, beim Versetzen des Horchrohrs war meine Hand über eine derbe Verhärtung der linken Brust geglitten. Ein Tumor! Fast mandarinengroß! Ich stutze: „Frau S. was haben Sie da?" rufe ich entsetzt und kann meinen Aufschrei kaum dämpfen.

„Ach, das hab ich schon lange, das ist nichts. Ist schon alles untersucht, nichts Schlimmes! Nicht der Rede wert!" haspelt sie die Worte hervor. Ich weiß, dass sie sich selbst nicht glaubt und dass dieser Tumor der Grund für ihr Zögern und ihre Angst ist.

Ich versuche, mich zu fangen und sage betont sachlich: „Heute Abend ist es schwierig, ein Röntgenbild zu bekommen. Sie haben eine Lungenentzündung und außerdem dieses Gewächs in der linken Brust, das abgeklärt werden muss. Am besten, Sie gehen noch heute Abend ins Krankenhaus. Die ausgedehnte Lungenentzündung müsste intensiv mit Antibiotika, möglichst als Infusion behandelt werden!" „Nein, auf keinen Fall!" schreit sie entsetzt. Alle Vorschläge meinerseits, ihren Mann anzurufen, dass er sie hinfährt oder auch, dass ich sie persönlich hinbringe und mit den Ärzten dort alles bespreche – sie lehnt alles ab. Schließlich weicht ihre Heftigkeit einer sorgenvollen Traurigkeit. Sie senkt den Kopf: „Ich komme schon klar. Gleich morgen früh gehe ich zum Krankenhaus und lasse mich röntgen. Meine Familie ist so – hilflos – und diese Verhärtung in der Brust – das ist alles schon untersucht." Ich gebe ihr Medikamente mit für die Nacht, resigniere, nehme ihr aber das Versprechen ab, wenn sie zu Hause alles geregelt hat, wirklich an sich zu denken. Sie nickt zustimmend und flüchtet erleichtert aus dem Sprechzimmer.

Ich bleibe mit einem ungutem Gefühl zurück. Hätte ich sie zwingen sollen, ins Krankenhaus zu gehen? Das kann man nicht machen mit einer erwachsenen Frau. War es richtig, ihr auf ihr Drängen ein Antibiotikum mitzugeben? Wenn es wirkt, hält sie vielleicht alle weiteren Maßnahmen für unnötig.

Ich war unzufrieden mit mir, mehr noch mit der verzwickten Situation. Es half nichts, ich musste sie so halb versorgt gehen lassen.

Mein Mann bestätigte, dass ich nicht anders hätte handeln könne. Dennoch konnte ich entgegen meiner sonstigen Gewohnheit nicht einschlafen. Ich stellte mir den ausgedehnten Schatten auf der linken Lunge vor, so scharf, als hätte ich ein Röntgenbild vor Augen und mitten darin einen großen, runden, nicht mehr scharf begrenzten Herd. Wie im Zeitrafferfilm lief vor meinen Augen die Operation des Tumors ab. Wenn überhaupt etwas gerettet werden konnte, musste die ganze linke Brust entfernt werden. Bestrahlung, Chemotherapie. Die schönen langen Haare sah ich ausfallen. Sie würde ein elegantes Tuch um den Kopf schlingen! Sicher, es würde sich ein Weg finden! Was meinte sie mit der hilflosen Familie? Ihre Töchter müssten doch um die zwanzig sein. Die können doch vorübergehend den Haushalt führen. – Erst gegen Morgen döste ich etwas ein.

Der folgende Tag war hektisch. Ich kam nicht zum Nachdenken. Ein dringender Hausbesuch aus der Sprechstunde brachte den Zeitplan völlig durcheinander. In der Mittagspause machte ich andere dringende Hausbesuche. Abends um acht Uhr war es zu spät, um mich im Röntgeninstitut nach der Patientin zu erkundigen. Selbst hatte sie sich natürlich nicht gemeldet.

So verging die ganze Woche. Es war wie verhext und nach ein paar Tagen hatten andere dringende Fälle meine Gedanken an Frau S. verdrängt.

Nach einer Woche fiel mir mit Schrecken ein, dass ich noch keinen Befund gesehen hatte. „Nein, eine Frau S. ist bei uns nicht zum Röntgen gewesen, nicht heute und nicht in den letzten Tagen."

Mir schwante Übles. Nach innerem Ringen rief ich nach einer Woche bei der Patientin zu Hause an. Eine junge Frauenstimme meldete sich. „Nein, meine Mutter ist nicht da. – Doch, es geht ihr besser. – Nein, sie hat kein Fieber mehr. Sie hustet nicht mehr so oft. – Ob sie zum Röntgen war, weiß ich nicht. – Nein, heute kommt sie nicht mehr. – Ich weiß nicht, wann sie kommt. Sie ist nach Heidelberg gereist zu einer befreundeten – Heilpraktikerin!" Ich konnte kein Wort mehr herausbringen. Nach einer – wie mir schien – endlosen Pause bat ich die Tochter, meinen Anruf auszurichten, und dass sie sich doch bitte melden möge, wenn sie zurück sei.

Wochen vergingen. Allmählich verschwand Frau S. aus meinem Akutgedächtnis in eine Schublade für Dinge, die man nicht ändern kann. Ein Arzt kann einen Patienten nicht gegen seinen Willen behandeln, kann nur helfen, wenn er einen Behandlungsauftrag hat, es sei denn, es ist ein Notfall und der Patient kann selbst keine Entscheidung treffen.

Nach drei Monaten endlich kam Frau S. wieder in meine Sprechstunde. Sie erschien elegant wie damals im schicken Kostüm aber sichtlich verlegen. Ihre Lockenpracht hatte irgendwie an Glanz verloren, ihr Gesicht war dezent und sorgfältig geschminkt, ihre Augen blickten trübe – und wie mir schien – freudlos drein. Die Schultern hingen herab, sie schien nicht sehr viel Kraft darauf zu verwenden, gesund zu wirken.

Ich ließ ihr Zeit. Beide wussten wir nicht, wie wir beginnen sollten. Das einfache „Wie geht es Ihnen" war mir zu platt. Ich sah, wie schlecht es ihr ging. Es wäre Hohn gewesen, das zu fragen. Die Stille war quälend, ich musste sie unterbrechen: „Sind Sie operiert worden?" brachte ich schließlich hervor. Sie senkte den Kopf schuldbewusst und signalisierte ein kaum merkliches „Nein". Unwillkürlich schlug ich die Hände vors Gesicht und murmelte „oh Gott."

„Meine Heilpraktikerin hat mir abgeraten. Sie hat mir homöopathische Medikamente gegeben, um den Tumor zu verkleinern. Sie war so positiv und so bestimmt. Ich kenne sie seit meiner Schulzeit. Ich habe ihr vertraut. – Aber, er ist nicht kleiner geworden, er ist gewachsen – gewachsen – gewachsen –. Er frisst mich einfach auf!" Endlich ließ sie sich gehen. Sie sackte zusammen und weinte hemmungslos. Hilflos nahm ich sie in die Arme, konnte selber meine Tränen kaum zurückhalten.

Nach einer Ewigkeit öffnete sie ihre Jacke und raffte mit einem Ruck ihren Seidenpulli hoch, hob eine notdürftig mit Pflaster angeklebte Mullplatte an und zeigte mir ihre, durch einen blumenkohlartig nach außen aufgebrochenen Tumor total zerstörte linke Brust. Jetzt erst erkannte ich, wie mager sie geworden war. Die rechte Hand war faltig und blass, die linke durch ein dickes Lymphknotenpaket in der Achselhöhle gestaut und teigig geschwollen. Am schlimmsten aber war der süßliche Geruch verwesenden Fleisches, den kein noch so teures Parfüm überdecken konnte.

„Es ist zu spät", murmelte sie. Ich wusste, dass sie sicher Recht hatte. Dennoch stellte ich sie einem sehr erfahrenen Gynäkologen vor, ob wenigstens eine palliative Operation möglich wäre, um Schmerzen zu lindern, den Geruch einzudämmen, den Defekt vielleicht zu decken. Ich begleitete sie zu dem Termin, denn alleine schämte sie sich zu sehr. Traurig bedauernd schüttelte er den Kopf. Auch Chemotherapie oder Bestrahlung würden nicht mehr helfen, nur die letzten Kräfte rauben.

„Mein Mann, meine Töchter dürfen nichts merken! Bitte, bitte!" flehte sie. „Was, Ihre Familie weiß nichts davon?" rief ich erschrocken. „Sie brauchen Hilfe, das geht so nicht!",,Nein, wenn Sie ihnen etwas erzählen, komme ich nicht wieder. Meine Tochter soll in Ruhe in diesem Jahr ihr Abitur machen, und mein Mann hat so schon so viel um die Ohren."

Es half nichts. Ich versorgte sie mit Schmerzmitteln, Chlorophyllsalbe gegen den schrecklichen Geruch und ausreichend Verbandsstoff, zeigte ihr ein paar Tricks und nahm ihr das Versprechen ab, einmal in der Woche zu kommen oder mich zu rufen.

In der Folgezeit traf ich sie sogar gelegentlich beim Einkaufen. Sie lächelte immer freundlich, schleppte frisches Obst und Gemüse heran und scherzte: „Vitamine, ordentlich viel Vitamine, danach verlangt der Körper! Und die Kinder brauchen das auch!" Die Kinder! Eigentlich sollten die Kinder sie umsorgen. Aber die wussten wohl noch immer von nichts.

Im Frühjahr sah ich sie auf dem Wochenmarkt. Sie strahlte, als sie mich erblickte. „Na, hat Ihre Tochter, Maja, das Abitur geschafft?",,Ja, stellen Sie sich vor und mit einer guten Note. Da kann sie studieren. Sie will am liebsten nach München, Jura oder Betriebswirtschaft. Ist das nicht wunderbar?" Ich umarmte sie und gratulierte ihr. „Kommen Sie, ich lade Sie zu einem Capuccino ein", sagte ich spontan und zeigte auf das kleine Café, „das müssen wir feiern." Glücklich folgte sie mir. „Haben Sie denn Zeit dafür?" „Klar, Sie wissen doch, wer viel zu tun hat, hat zu allem Zeit! Außerdem ist Sonnabend."

Wir setzten uns an einen kleinen Tisch ans Fenster. Spontan fasste sie meine Hand. „Danke, danke – wissen Sie, meinen Mann scheint das alles nicht zu interessieren. Ich bin so traurig darüber, und Maja will natürlich mit ihren Freunden feiern, das verstehe ich. Svenja, (das war die andere Tochter), ist zu weit weg, die kann nicht extra kommen!" Sie senkte den Blick. „Jetzt weiß ich, dass meine Kinder ihren Weg machen. Das war mein wichtigstes Ziel. Nur mein Mann, was wird mit ihm, wenn ich sterbe? Er kann nichts im Haushalt, nicht kochen, nicht putzen, keine Wäsche!" „Frau S. das ist wirklich kein Problem, um das Sie sich einen Kopf machen sollten. Es gibt Fertiggerichte, Mikrowellen, eine Putzfrau lässt sich sicher finden. Sie müssen jetzt an sich denken und das Stück Leben, das Ihnen bleibt, genießen. Vielleicht möchten Sie eine Reise machen, nicht weit, eventuell an die Ostsee oder in den Harz in ein gemütliches Hotel mit *Rundum-Verwöhnung*." Das schlug ich vor, obwohl damals die Wellness-Welle noch gar nicht modern war. Im selben Moment verspürte ich bereits ihre Ablehnung, ihre verzweifelte Einsamkeit.

„Das macht mein Mann nie, schon wegen meines Gestanks nicht. Er mag mich nicht mehr anfassen, schläft schon lange nicht mehr bei mir. Er schläft in seinem Arbeitszimmer auf der Couch. Er ist freundlich, fragt nach meinen Wünschen, aber er ekelt sich. Ich merke es, er hält drei Schritte Abstand zu mir. Ich muss das verstehen, muss damit fertig werden. Meinen Töchtern und meinen Freundinnen geht es ähnlich." „Wissen die inzwischen wenigstens, wie krank sie sind?" „Nicht so genau, ich hab das natürlich noch keinem gezeigt. Frau Doktor, ich kann so nicht mehr leben. Helfen Sie mir bitte!"

Mir war klar, was sie von mir wollte. Ich gab ihr ein Taschentuch, um die Tränen zu trocknen. „Ich helfe Ihnen, aber auf meine, nicht auf Ihre Art!" sagte ich entschlossen. „Als Ärztin kann ich nicht viel für Sie tun außer Schmerzen zu lindern, Pflege zu gewährleisten, solche kleinen, aber wichtigen Dinge. Auch müssen Sie endlich offen mit Ihrer Familie sprechen, das erleichtert. Dabei will ich Ihnen helfen." Ich drückte ihre Hand. „Sie schaffen das, ich unterstütze Sie und stehe Ihnen bei, das verspreche ich."

Als sie bald darauf überwiegend bettlägerig wurde und ich sie häufig zu Hause besuchte, gingen wir ganz spontan zum vertraulichen Du über. Die Hemmschwelle war gefallen, ich war mehr Freundin als Ärztin.

Bald quälten Knochenmetastasen sie mit heftigen Schmerzen. Der Pflegedienst musste sie betreuen, die Verbände wechseln. Man spürte, wie einige Schwestern das Leiden der jungen Frau nicht ertragen konnten, den schrecklichen Geruch, der das ganze Zimmer einnahm und kaum mit noch so dicken Salbenverbänden, Duftkerzen, frischen Blumen zu überdecken war.

Zwischen uns entstand eine kurze, aber sehr innige Freundschaft. Wir verstanden uns mit Blicken. Das Sprechen fiel ihr zunehmend schwer. Morphinpräparate gegen die Schmerzen benebelten allmählich gnädig ihre Sinne und machten sie sogar etwas euphorisch.

Einmal hatte ich eine gute Idee. Ich brachte Kassetten mit klassischer Musik mit, überwiegend Kammermusik, Streichquartette von Haydn und Mozart, aber auch den Gesang der Wale und Urwaldgeräusche, Aufnahmen von *Greenpeace*.

„Ich verstehe doch gar nichts von Musik", sagte sie matt. Aber mir zuliebe probierte sie mit Kopfhörern die erste Kassette. Endlich hatte ich das Richtige gefunden, lächelnd lag sie im Bett, wenn ich kam, hatte den Walkman über den Ohren und träumte.

Ihr Mann zog sich zurück. Mehrfach versuchte ich, mit ihm zu sprechen, ihn auf die kurze, ihnen noch verbleibende Zeit hinzuweisen, ihn für sie zu bitten, ihr Zeit zu schenken.

Er vermochte es nicht. Anfangs war ich insgeheim wütend auf ihn, dass er sich nicht zusammenreißen konnte, er nicht wenigstens ein bisschen Liebe vorspielen konnte. Dann wurde mir klar, dass seine Frau viel eher als ich seine Hilflosigkeit, seine Ohnmacht erkannt hatte. Scheinheiligkeit hätte sie auch sofort durchschaut. So war es wohl besser, er ging auf ein Bier zu seinen Freunden in die Kneipe, um sich abzulenken. Sie litt unter seiner mangelnden Wärme und Zugewandtheit, aber sie hätte vermutlich mehr gelitten, hätte er gequält an ihrem Bett gesessen.

Einmal war er zusammengebrochen und hatte geschrien, so dass sie es im Nebenzimmer hören musste: „Ich – kann – nicht!" hatte seine Ohren zugehalten, seinen Mantel geschnappt und war aus dem

Haus geflohen. – Sie hatte es nicht gehört, hatte ihre Kopfhörer auf und lächelte.

Genauso starb sie. In den letzten Tagen konnte sie nur noch Flüssigkeit über eine Schnabeltasse zu sich nehmen. Eine zierliche, gütige Gemeindeschwester hatte die letzte Nacht Wache bei ihr gehalten, die Lippen befeuchtet und leise Lieder vor sich hin gesummt. Ich war ihr sehr dankbar für ihren unangeforderten Einsatz. Die Töchter waren zum Abschiednehmen am Vortage gekommen. Wie gut! Sie hatten letztlich doch verstanden, wie es um ihre Mutter stand.

Gegen morgen schlief sie ein. *Der Gesang der Wale* geleitete sie auf ihrem Weg ins Jenseits.

∗∗∗

Jeder stirbt seinen eigenen Tod. Man kann ein Stück begleiten, so wie man Erstklässler bis ans Schultor bringt, aber hineingehen müssen sie alleine.

Sehr beeindruckt hat mich das Lebensende einer guten Bekannten. Auch sie hatte Brustkrebs. Mit Mitte dreißig war die Krankheit erkannt worden. Die Mutter, eine Tante, zwei Cousinen hatten dasselbe Leiden. Sie war operiert und bestrahlt worden und hatte zahlreiche Chemotherapien und Hormonbehandlungen hinter sich. Wenn man sie sah, war sie lebensfroh und meist voller Pläne und Elan. Sie hatte zwei Töchter, deretwegen sie Fachzeitschriften studierte, später auch das Internet durchforschte, um herauszufinden, was man vorbeugend tun könne, um ihnen so ein Schicksal zu ersparen. Zunächst waren sie zwar noch klein, aber in der Pubertät würde es zu einer wichtigen Frage werden.

Hautmetastasen hatten zu mehreren Operationen gezwungen. Mühevoll waren die Defekte mit Hauttransplantaten gedeckt worden. Die vielen Krankenhausaufenthalte und Nachkuren konnte sie gar nicht mehr zählen. Ihre Mutter versorgte die Töchter, bis sie alleine zurechtkamen und ihre Berufsausbildung begannen. Vor allem aber gab ihr die Mutter immer wieder neue Kraft: „Ich hab das auch durchgemacht. Du schaffst das. Tante P. hat das überstanden und deine Cousinen auch. Gib nicht auf. Du musst kämpfen!" Und sie kämpfte ohne zu klagen, ohne zu hadern mit Gott oder ihrem Schicksal. Auch ihren Mann bewunderte ich sehr. Er erkannte, dass er ihr im Bedarfsfall helfen musste, sie aber auf keinen Fall mitleidsvoll entmündigen durfte. Eine Gratwanderung zwischen So-tun-als-ob-nichts-wäre und Mutmachen. Derweil schuftete er von morgens bis abends, um die Familie finanziell durchzubringen.

Gelegentlich trafen wir uns bei mir, wenn es ihr gut ging. Meist aber musste ich sie zu Hause oder im Krankenhaus besuchen. Es war immer eine längere Autofahrt, aber ich mochte sie sehr und bewunderte ihren Lebensmut. Natürlich probierte auch sie teure, alternative Therapien in der Hoffnung, es könne irgendetwas bewirken. Die gesetzlichen Nachsorgekuren taten ihr zwar immer recht gut, wenn sich kurz danach jedoch wieder irgendwo ein neuer Knoten in der Brustwand zeigte, war die Enttäuschung umso schlimmer.

Sie litt – hoffte – litt – hoffte mehrere Jahre. Wir telefonierten gelegentlich. Eines Tages sagte sie – und ihre Stimme versagte fast: „Kannst du morgen noch mal kommen?" Dieses „noch mal" wühlte mich im Innersten auf. In Gedanken blätterte ich meinen Terminkalender durch, legte hier etwas um, ließ da etwas ausfallen und sagte zu.

Bei regennasser Straße, trübem, nebeligem Wetter fuhr ich zu ihr. Die Mutter öffnete, die Töchter waren noch bei der Arbeit: „Sie liegt, geh rein, sie wartet schon."

Blass lag sie, von Kissen gestützt, in ihrem Bett. Sie konnte kaum sprechen. Ich gab ihr zu trinken. „Erzähl mir was", bat sie, „von dir, deinen Kindern." Die Unterhaltung plätscherte dahin. Es war nicht richtig so, ich fühlte es. Nur wusste ich nicht, wie ich auf den Punkt kommen sollte. Endlich löste ich mich von ihrem Anblick und schaute mich im Zimmer um. An der Wand standen zwei gerahmte Aquarelle in leuchtenden Farben, Mohnblumen und Margeriten in einem stilisierten Kornfeld, auf dem anderen ein blau-graues, schäumendes Meer mit orangefarbener untergehender Sonne. „Wie Nolde", fuhr es mir durch den Sinn. „Das ist wundervoll!" sagte ich.

„Wer hat das gemalt?" Sie gab keine Antwort, lächelte nur still. „Du?" fragte ich ungläubig. Ich war tief beeindruckt, ich fand diese Bilder so schön, von einer Leuchtkraft, wie ich es nie von einem Laien für möglich gehalten hätte, keinesfalls kitschig.

„Auf der letzten Kur gab es einen Malkurs. Ich hatte außer in der Schule nie einen Pinsel in der Hand gehabt, aber die Beschäftigungstherapeutin forderte uns alle auf und behauptete, jeder könne malen. Da hab ich es probiert, und es machte riesigen Spaß. Ich konnte überhaupt nicht aufhören. U. (das war ihr Mann) hat mir sogar eine Staffelei gekauft und Malblöcke und Farben."

Sie zeigte mir eine ganze Mappe voll herrlicher Aquarelle, meist Meer- und Blumenbilder, aber auch Farbstimmungen, gegenstandslos und dennoch unglaublich ausdrucksstark. Ich erkannte **Angst, Hoffnung, Trauer, Mut, Verzweiflung, Heimweh, Schmerz,** ohne dass sie mir hätte einen Titel sagen müssen.

„Du musst eine Ausstellung machen. Das ist einfach toll!" sagte ich. „Das schaffe ich nicht mehr, es ist zu spät", flüsterte sie matt und sank zurück auf ihr Lager. Dieser Ausbruch hatte sie ungeheure Kraft gekostet. „Darf ich eines kaufen?" fragte ich. „Nein, tut mir leid", erwiderte sie, „ich habe sie meiner Familie versprochen als Abschiedsgeschenk. Aber hier, U. hat Fotos von einigen gemacht. Du kannst dir zur Erinnerung eines aussuchen." Ich umarmte sie – es war das letzte Mal, dass wir uns sahen. Seitdem steckt das Foto von dem Kornfeld mit den Mohnblumen in einem kleinen Album mit den wichtigsten Fotos meiner Familie.

***

Es ist sehr unterschiedlich, wie Familien mit ihren schwerkranken Angehörigen umgehen. Statistisch gesehen sind es häufiger Frauen, die ihre Männer am Ende des Lebens pflegen, da die Lebenserwartung der Frauen höher ist. Man traut der Frau auch eher zu, dass sie aufgrund ihrer vermeintlich angeborenen Rolle als Hausfrau und Mutter die Aufgabe selbstverständlicher übernehmen und ausfüllen kann. In der Tat habe ich viele Frauen stundenlang klaglos am Krankenbett ihrer Männer oder auch schwerkranken Kinder sitzen sehen. Sie haben sich in der Zeit vollkommen zurückgenommen bis zur Selbstverleugnung, bis zur totalen Erschöpfung. Ich habe die alten Frauen bewundert, die selbst kaum mehr laufen oder ihren Haushalt machen konnten, wie ihnen ungeahnte Kräfte zugewachsen sind. Oft spürte ich, wie sie in diesen Situationen zu Gott zurück fanden, wie sie still da saßen und die Hand ihres Angehörigen hielten.

Wie froh war ich als Hausärztin über den ambulanten Hospizdienst unserer Kleinstadt, der wichtige Hilfe und Unterstützung gab, wenn der Patient und die Familie es zuließen.

Diese Hilfe annehmen zu können, ist für die meisten Menschen sehr schwer. Viele meinen, sie müssten in der Kirche sein oder wenigstens gläubig. Manche haben ganz pragmatische Gründe. Sie schämen sich, wenn Freunde oder Helfer ins Haus kommen, weil sie wegen der körperlichen und seelischen Dauerbelastung ihre Wohnung nicht so akkurat in Ordnung haben wie bisher gewohnt. Behutsam muss man dann als Hausärztin erst den Weg ebnen, die Scheu nehmen. Wenn endlich die Einwilligung zur Hilfe gegeben wird – auch vom Patienten – ist viel geschafft, und man spürt bald die Erleichterung für alle Beteiligten.

Männer können ganz wunderbare Pfleger sein, wenn sie sich erst einmal zu dieser Rolle bekannt haben. Die gelegentlich echte, aber meist gespielte Ungeschicklichkeit und kokett betonte Hilflosigkeit ist so rührend und nimmt oft durch ungewollte Komik den tierischen Ernst der Krankheitsphase. Man spürt als Außenstehender plötzlich die Liebe des Paares, die vielleicht jahrelang verschüttet oder durch Banalitäten verdrängt war, wieder aufkeimen. Wenn ich diese Wärme beim Hausbesuch erkannte, war ich sehr froh. Mir war nicht mehr wichtig, ob die Pflege nach hygienisch einwandfreien Gesichtspunkten ablief, ob der Bettbezug fleckig, die Serviette bekleckert war. Äußerte das Paar, alleine zurechtkommen zu wollen, ohne Pflegedienst, und es klappte hinlänglich, ohne dass der Pflegende zusammenbrach, dann schlich ich mich leise, quasi rückwärtsgehend aus dem Raum, nur die notwendigen Medikamente, Hilfsmittel und Ratschläge dalassend.

***

Hier fällt mir ein altes Ehepaar ein, das ich einige Wochen vor ihrem Tode fast täglich besuchte. Sie litt an einem inoperablen Magencarcinom. Er war 87 Jahre alt, ein quirliger, noch rüstiger, drahtiger, immer zu Späßen aufgelegter ehemaliger Friseur. Er kochte Brei und Süppchen, flößte ihr liebevoll und geduldig Joghurt und gemuste Banane ein. Wenn sie alles erbrach, drohte er schelmisch: „Du, du böses Mädchen, das geht aber nicht!" und wischte, ohne zu murren, alles sauber. Als sie immer schwächer wurde und nicht mehr alleine zur Toilette kam, lehnte er Nachtstuhl und Bettpfanne ab, trug den abgemagerten Körper ins Bad, wartete geduldig und legte sie behutsam zurück in die Kissen. Dabei murmelte er: „Mein Mädchen, meine Rose, verlass mich nicht. Was soll ich alleine hier?" „Papi, das geht nicht, du übernimmst dich", stöhnte sie dann, „lass mich doch sterben!" „Soll ich nicht doch die Gemeindeschwester bitten?" fragte ich, wenn ich das Elend beim Hausbesuch sah. „Auf keinen Fall, ich werd` doch mein Mädchen noch auf Händen tragen können", scherzte er dann. Ich ließ ihn gewähren.

In den allerletzten Tagen durfte die Tochter helfen. Als sie mich eines Morgens rief, lag das alte Ehepaar zusammen im Bett, er hatte den kalten Körper seiner Frau innig umschlungen. Die Leichenstarre hatte bereits eingesetzt. Nur mit Mühe konnten die Tochter und ich ihn aus der Umklammerung lösen. In der Hand der Toten steckte ein vergilbtes Schwarz-Weiß-Foto ihrer Hochzeit vor über 60 Jahren.

Es dauerte nur knapp drei Wochen, dann folgte er ihr nach.

***

Ja, manche Männer tragen ihre Frauen buchstäblich auf Händen, selbst bis in den Tod. Als junge Hausärztin musste ich das rasch fortschreitende Leiden einer knapp zwanzigjährigen Patientin mit Multipler Sklerose hilflos mit ansehen. Meistens verläuft diese Krankheit in Schüben, kann manchmal über Jahre zum Stillstand kommen, so dass man kaum eine Verschlechterung bemerkt. So einen raschen Verfall wie bei dieser jungen Patientin habe ich weder vorher noch nachher je gesehen. Von den ersten Symptomen, Gefühlsstörungen in einem Arm, die mich die Diagnose vermuten ließen, die der Neurologe später bestätigte, bis zum Tode vergingen nur wenige Monate. Dazwischen lagen kurze Krankenhausaufenthalte mit hoch dosierten Cortison- und Vitamingaben, die aber kaum etwas nützten. Alle waren wir hilflos, die heutigen Therapiemöglichkeiten gab es vor dreißig Jahren noch nicht.

Zunächst versuchte die junge Frau noch, ihren Haushalt zu machen. Ihren Beruf als Kindergärtnerin musste sie bald aufgeben. Der Mann war ein – wie ich zunächst dachte – eher nüchterner Bankkaufmann. Mehrfach ließ er sich von mir das Wesen der Krankheit erklären, fragte genau nach dem vermutlichen Verlauf. Wenn ich bedauernd die wenigen Möglichkeiten darlegte, machte er sich Notizen, fragte Gott und die Welt, andere Ärzte und die Uniklinik um Rat.

Seine Frau wurde immer schwächer. Bald konnte sie kaum mehr aus dem Bett. Ein erneuter Krankenhausaufenthalt schien unvermeidlich. Er richtete seinen rechten Zeigefinger wie eine Pistole auf meine Brust und fragte: „Wie viel Prozent Chance, dass eine erneute Cortisontherapie im Krankenhaus was bringt?" Ich wand mich. Er insistierte. „Wie viel Prozent?" „Maximal 10 Prozent", druckste ich hervor. Interferon gab es damals noch nicht als Therapiemöglichkeit.

Er verharrte ein paar Minuten stumm, als kalkuliere er eine Kreditvergabe in seiner Bank. „Die Zeit ist zu kostbar fürs Krankenhaus!" beschied er. Die Kranke nickte bestätigend. Auch sie hatte das Pendeln zwischen Krankenhaus und Wohnung satt. „Können Sie ihr das Cortison nicht hier im Hause geben?" „Ich werde es versuchen, aber versprechen Sie sich nicht viel davon!"

Der so kühl wirkende Banker nahm unbezahlten Urlaub und schenkte seiner Frau das Schönste und Wichtigste, was er ihr schenken konnte – **Zeit!** Er saß am Bett, las ihr vor, legte sanfte Musik auf, kochte ihre Lieblingsgerichte. Als ich eines Abends ziemlich spät zum Hausbesuch kam, hatte er einen Diaprojektor aufgebaut und betrachtete mit ihr zusammen Fotos von ihrer schönsten Reise, einer Wanderung auf Korsika. Sie luden mich ein, mit zu schauen und ein Glas Wein mit ihnen zu trinken. Das war unser letzter Abend. Sie konnte schon länger nicht mehr sprechen. Er musste sie füttern, windeln, betten. All das machte er klaglos mit einer Geschicklichkeit, wie ich sie diesem Geschäftsmann nie zugetraut hätte.

Immer trug er eine dunkelblaue oder graue Anzughose mit scharfen Bügelfalten und ein makelloses Oberhemd. Nur, wenn er in der Küche hantierte, steckte er sich ein Küchenhandtuch wie ein Profikoch als Schutz in seinen Hosenbund.

In der Nacht nach dem Diaabend starb sie. Rücksichtsvoll rief er mich erst gegen zehn Uhr. Es war ein Samstagmorgen. Er hatte sie bereits gewaschen und ihr das Lieblingskleid angezogen. Sogar ein kleiner Blumenstrauß aus dem Garten steckte in ihren gefalteten Händen. Kaum mochte ich diese Feierlichkeit für meine Untersuchung stören. Seine Trauer war deutlich zu spüren, aber er gestattete sich nicht, zu weinen.

Er war noch sehr jung, nicht einmal dreißig Jahre. **Woher wusste er so viel über das Sterben?**

***

Nicht jedem ist es vergönnt, friedlich und umsorgt zu sterben. **Das Lebensende kann grausam sein.**

Im Notdienst wurde ich aus der Sprechstunde heraus zu einem mir unbekannten Patienten gerufen. Ein ziemlicher Aufruhr herrschte auf der Straße. Polizei und Feuerwehr mit Leiterwagen standen vor dem Haus. Ein junger Mann wollte seinen leukämiekranken Freund abholen und zur Chemotherapie ins Krankenhaus bringen. Als dieser nicht aufmachte, hatte er die Polizei gerufen. Nachbarn waren nicht zu erreichen.

Es war nur teilweise wie im Krimi, denn die Polizei bekam weder mit einer Scheckkarte noch mit einem Taschenmesser das Schloss auf, und sie traten auch nicht die Tür mit einem Fußtritt ein. Immerhin war man auf den Außengang im ersten Stock gelangt, der zur Haustür führte und konnte durch das Fenster in die Küche spähen. Außer schmutzigem Geschirr war aber nichts zu sehen.

Mir lief die Zeit davon. Ich dachte an das volle Wartezimmer. Nie hätte ich angenommen, dass die Polizei ganz brav auf den Schlüsseldienst wartet. Als die Tür endlich offen war, bot sich uns ein trauriger Anblick.

Ein junger Mann in Schlafanzughose und Unterhemd war halb vom Stuhl gerutscht und hing seitlich mit dem Oberkörper an einer Kommode fest, eine Hand an der Schreibtischkante festgekrallt und erstarrt. Papiere lagen verstreut auf dem Boden. Er musste die ganze Nacht so dort gehangen haben. Das Licht brannte. Der Anrufbeantworter blinkte. Die Kriminalpolizei würde die gespeicherten Nachrichten später auswerten. Es waren die vergeblichen Anrufe des Freundes.

„Mein letzter Wille" stand auf dem Block, der Kugelschreiber war ihm entglitten mitten im Satz „Ich vermache meinem Fr...." Er hatte es nicht mehr geschafft, war vermutlich in der Ahnung des nahen Todes noch einmal von seiner Schlafcouch der Einzimmerwohnung aufgestanden. Wahrscheinlich wollte er „Freund" schreiben, aber wer kann das mit Sicherheit sagen und was wollte er vermachen?

Der Mann, der die Polizei gerufen hatte, brach zusammen, nahm den erstarrten Körper in die Arme, das heißt, er wollte es, aber ein Polizist schob ihn erstaunlich einfühlsam sanft beiseite. „Bitte nichts anfassen!" Er verstand und stammelte: „Er hatte nur mich, keine Familie, keine Arbeit mehr. Er war doch so fröhlich bis vor einem halben Jahr, als alles begann. Die Schwäche, die Untersuchungen, die Chemo, die erst half und dann doch nicht. Er hoffte so auf eine Knochenmarksspende. Mein Blut passte nicht. Nichts passte! Wenn ich wieder gesund bin, meinte er immer, fahren wir beide an einen schönen See zum Angeln, ganz ruhig, gar nicht weit. Er hatte Träume, aber so bescheiden ---- so bescheiden."

Eigentlich war die Sachlage klar, der Mann war seiner schweren Krankheit erlegen. Aber nach dem Gesetz, und weil ich den Toten nicht kannte, und er keinen festen Hausarzt hatte, konnte ich nur den Tod bescheinigen. Der Tote wurde in die Rechtsmedizin gebracht, die Personalien des Freundes für Rückfragen aufgenommen, die Wohnung versiegelt. Das war es für uns.

Wie lange es wohl gedauert hat, diesen Haushalt aufzulösen? Was hat der Tote dem Freund Besonderes vermachen wollen. Ein Erinnerungsstück oder seine ganze bescheidene Habe? Wird er es bekommen haben?

Immerhin fand ich nach einer Woche eine liebevoll gestaltete Anzeige in der Lokalzeitung mit einem schönen Spruch, von **dem einzigen Freund** aufgegeben. Das tröstete mich irgendwie.

***

Fazit

Fragst du nach des Lebens Sinn,
steckst du selbst schon mittendrin.
Du bist nur ein Puzzlestück,
findest selten, mit viel Glück
deinen Platz im Weltenspiel.
Vollkommenheit ist zwar das Ziel,
aber, ob das Puzzle ganz,
sieht nur Einer aus Distanz.
Nimm den Platz, der dir gegeben
und erfülle ihn mit Leben.
Schließlich wirst du eingestehn:
„Ja, das Leben ist doch schön!"
Hast du dieses festgestellt,
geh beruhigt aus der Welt.

Maintz, Gisela, Dr.med., wurde 1938 in Berlin geboren. Sie war 40 Jahre als Ärztin tätig, davon 23 Jahre als Allgemeinärztin in einer großen Gemeinschaftspraxis mit zwei weiteren Kolleginnen. Seit 1964 ist sie mit einem Arzt verheiratet und hat zwei Söhne und eine Tochter. Inzwischen gibt es fünf Enkelkinder; Hunde haben das Familienleben immer bereichert. Eine große Liebe galt stets der klassischen Musik und dem eigenen Musizieren. Seit ihrer Jugend schreibt sie Geschichten und Gedichte. Nach ihrem Ruhestand 2003 erschienen erste Veröffentlichungen in Sonder-Anthologien im R.G. Fischer Verlag, sowie das Buch „*Oma kann nicht Schienbus fahren*" mit Geschichten und Gedichten für Groß und Klein. Mit Gedichten hat sie sich jüngst am „Almanach deutschsprachiger Schriftsteller-Ärzte", erschienen im Linus Wittich Verlag, beteiligt.